Kaspar Eduard Schech

Donatella und ihre Ratte

Donatella und ihre Ratte

»Von Liebe, Tod und Zirkus«

von

Kaspar Eduard Schech

FSC
www.fsc.org
MIX
Papier aus ver-
antwortungsvollen
Quellen
Paper from
responsible sources
FSC® C105338

Donatella und ihre Ratte
»Von Liebe, Tod und Zirkus«

Bibliografische Information der Deutschen
Nationalbibliothek: Die Deutsche Nationalbibliothek
verzeichnet diese Publikation in der Deutschen
Nationalbibliografie; detaillierte bibliografische
Daten sind im Internet über http://dnb/dnb/de
abrufbar.

Herstellung und Verlag:
BoD – Books on Demand, Norderstedt
ISBN: 9 783755 773450

»Liebe ist keine Sünde,
nur eine riesengroße Dummheit«

Der Inhalt

Wie alles begann

Ich war gut vorbereitet gewesen und hatte trotzdem versagt, vorhin, am Nachmittag beim Vorspielen.

Der Musikverein der Stadt wollte eine kleine Gruppe für die Adventszeit zusammenzustellen, die bei Weihnachtsfeiern im Altenheim, in der Kirche und bei anderen Festen aufspielt. Die Geschäftsleute der Stadt hatten bereits im September Geld überwiesen. Sie wollten die Musik für Konsum und Kommerz nutzen. Markt, Eisbahn für die Kinder, Glühwein für die Eltern. Oder ein Auftritt im zugigen Eingang vor dem Kaufhaus: »Macht hoch die Tür, die Tor macht weit …«, hereinspaziert, Sonderangebot. Frohe Menschen, motiviert von passendem Gedudel, Gefiedel und Posaunentönen, geben gerne Geld für Konsumgut aus.

Zu meinem Bedauern ging die Mucke an einen Buben aus Indien. Er musizierte auf einer verbeulten Trompete und hatte eine merkwürdig kurzatmige Phrasierung, die seinem Spiel eine synkopierte, jazzartige Melodieführung gab. Es klang nach Django Reinhardt, aber auch irgendwie nach Zirkus. Ich schätzte sein Alter auf vierzehn oder fünfzehn Jahre. Der Junge war mit seinem Vater zum Probespielen gekommen und konnte nicht einmal Noten lesen, was sofort auffiel, als man ihm kinderleichte Musikstücke auf den Notenständer legte. Beide, Vater und Junge, freuten sich über den Zuschlag. Ich wusste nicht, dass ich dieser Familie später noch einmal begegnen sollte.

Der Musiklehrer, der die Musikanten bewertete, versuchte, mir eine Brücke zu bauen:

»Wir brauchen auch noch ein paar Alleinunterhalter. Heimorgel, Gitarre oder Saxofon, egal was. Hauptsache, da kommt ein weihnachtliches Trällern bei rum, das die Leute bei Laune hält. Das wäre doch auch was für Sie, oder?« Da ich einen unentschlossenen Eindruck machte, sprach er weiter:

»Natürlich müssen Sie dabei richtig unterhalten, singen, tanzen, etwas Klamauk machen. Im Fundus haben wir noch Nikolausklamotten aus den letzten Jahren, die können Sie dazu gerne anziehen, ein paar Glöckchen – und schon kann es losgehen. Ich kann noch mal nachfragen, wenn Sie wollen ...?«

»Nein und nochmal nein!«

Er sah mich fragend an.

»Nein! So was mache ich nicht. Ich spiele klassische Klarinette und Saxofon, bin in Jazz und Bebop gut zu Hause, aber so was, nein, bitte nein, das mache ich einfach nicht.«

»Ich wollte Ihnen doch nur helfen.«

Nein, ich wollte keinen Clown und keinen Nikolaus machen.

Mein Studium war im letzten Semester. Ich besuchte nur noch ein einziges Pflichtseminar und schrieb an meiner Diplomarbeit in theoretischer Physik. Ich hatte wochenlang für diesen Tag geübt und trotzdem beim Vorspielen versagt. Auch das Geld hätte ich gut gebrauchen können. Aber nicht so, nicht als Kinderclown.

Jener Tag war nicht mein Freund. Das Vorspielen versemmelt, Regen, zu wenig Geld in der Tasche. Meine Freundin, Martha, hatte sich seit Wochen nicht gemeldet und war verschwunden. Wir hatten uns schon lange getrennt, aber ich vermisste sie. Zumindest an Tagen wie diesen, an denen mir nichts gelang.

Ein Donnerstagabend im Spätherbst, ein Tag, an dem es seit Nachmittag geregnet hatte und die Regentröpfchen – plitsch – konzentrische Kringel in die Pfützen am Straßenrand zeichneten, die sich gegenseitig überlagerten und am Rande der Wasserlache wieder zur Mitte hin reflektiert wurden. Ich bummelte grübelnd die nasse Straße entlang. Sollte ich besser gleich nach Hause gehen und zur Ablenkung an meiner Arbeit weiterschreiben oder den Heimweg für einen Kaffee unterbrechen? Oder ich könnte zu unserer Stammkneipe weitergehen, dort Kommilitonen treffen und dabei mit der charmanten Kellnerin, die immer Zeit hatte, schwatzen? Die Vorstellung von einer warmen Stube und Kaffeeduft war in Resonanz mit meiner Seelenlage. Ich zog vor, an diesem Tag alleine zu bleiben, um meine Gedanken zu ordnen und über den missglückten Tag nachzudenken. Also Kaffeehaus.

Seit dem Probespielen am Nachmittag war es dunkel geworden und die Geschäfte in der Innenstadt hatten inzwischen geschlossen. Die Menschen, die jetzt noch unterwegs waren, liefen mit hochgeschlagenen Krägen oder übergezogenen Kapuzen um die

Pfützen herum ihren Zielen entgegen, einem Hauseingang oder zum Busbahnhof. Ältere Frauen trugen
Eingekauftes nach Hause, junge Mädchen, nach ihrer
Arbeit im Supermarkt, trotteten müde zum Parkplatz,
da, wo sie morgens ihr kleines Auto abgestellt hatten,
oder dahin, wo sie jemand abholen würde, ein Freund
oder der große Bruder. Stille Geschäftigkeit verband
alle; keine Eile, nur die Emsigkeit von Menschen, die
das notwendige Handeln des Tages hinter sich gelassen hatten und sich jetzt auf Zeit mit ihren Freunden,
der Familie oder auf das Bier in der Eckkneipe freuten. In der Ferne hörte ich ein Martinshorn, das aus
der Vorstadt näher kam. Meist waren es Krankenwagen, die Menschen in die Stadtklinik brachten. Opfer
von Autounfällen oder Frauen, deren Geburtswehen
begonnen hatten.

Ich saß bei meinem Kaffee mit Sahnehäubchen
und Zimt und ärgerte mich immer noch über das Probespielen, die verlorene Mucke, das Ansinnen, als
Weihnachtsclown aufzutreten, weniger über das
Geld, das ich auch gebraucht hätte.

Ohne Noten würde der Junge Schwierigkeiten
haben, mit den anderen zu musizieren.

»Nicht meine Sorge«, dachte ich und empfand
kein Mitgefühl, sondern nur Verwunderung darüber,
wie der Bub ohne Noten in zwei Wochen neue Lieder
lernen wollte. »So ist das Leben, er hat das bekommen, was er haben wollte. Soll er sehen, wie er damit
zurechtkommt.«

Jetzt, im letzten Semester, besuchte ich nur noch
ein einziges Pflichtseminar und schrieb an meiner Diplomarbeit, eine Ausarbeitung zum Thema Zeit und

Raum. Ich hatte genug Zeit für etwas Musik. Ich könnte auch Nachhilfestunden in Mathematik geben oder in einer Kneipe kellnern, um etwas Geld zwischen die Finger zu bekommen. Der Abgabetermin meiner Diplomarbeit war im nächsten Sommer. Das war knapp, aber machbar. Ich hatte eine Aufgabenstellung gewählt, die der Beziehung zwischen Raum, Relativität und Zeit nachging, kein besonders spannendes oder neues Thema, denn Einstein hatte schon das meiste dazu gesagt. Es hatte den Nachteil, dass ich außer meinem Betreuer niemand für einen befriedigenden Gedankenaustausch fand. Andererseits benötigte ich keine Labordaten und keine Experimente und konnte den Großteil der Arbeit bequem zu Hause zusammenschreiben. Zur Einleitung suchte ich noch nach einem passenden Sinnspruch: »Sphärenmusik des Atoms« oder »Wer von der Quantentheorie nicht fassungslos ist, der hat sie nicht verstanden.« Egal, ich würde schon die richtige Einleitung zu meiner Welt finden.

Außer dem verpatzten Vorspielen und trotz Martha, die mich seit Wochen allein gelassen hatte, war mein Leben geordnet und unter Kontrolle. Ich brauchte die Welt da draußen nicht, meine Notizen, meine Bücher und Zeit reichten. Und ich hatte meine Musik. Ich brauchte niemand.

Die Zahl meiner Freunde, die ich ohne Verabredung und Anmeldung besuchen konnte, hatte sich im Jahr zuvor enorm vermindert. »Freundschaften müssen gepflegt werden«, sagte man. Bei Pflege dachte ich eher an Blumen oder Grabpflege, seltener an Freunde.

Martha ging mir an diesem Tag nicht aus dem Kopf. Sie hatte mich hundertmal eingeladen. Sie würde mir gerne ein bescheidenes Abendessen kochen, sagte sie, und da wäre eine Flasche Wein im Schrank ihrer Studentenbude. Es gab Momente, da erschien es mir, als wollte Martha sich für eine kleine Hilfe im Studium revanchieren, Erklärungen und ein Spickzettel, die ihr ein ganzes Semester gerettet hatten. Vielleicht war da auch mehr. Vor einigen Monaten, zu Beginn des neuen Semesters, war ich bei ihr. Sie servierte eine trockene Paella, der versprochene Wein blieb unauffindbar. Jener Abend im vergangenen Sommer endete mit einem langen Abschied (»Bleib' doch noch ein wenig länger!«), und stand in meiner Erinnerung als ein warmes *dîner à deux,* das lange vierundsiebzig Minuten gedauert hatte. Wir hatten uns seither noch weiter voneinander entfernt.

Sie mit ihrem Gerede über Achtsamkeit und ich mit meinem Newton-physikalisch-planbaren-Leben, das mir an Tagen wie diesem trotz aller Klarheit doch manchmal aus der Hand glitt. Unsere Gedankenwelten passten nicht zusammen. Aus der Physik ist bekannt, dass die sogenannte schwache Wechselwirkung zugleich eine anziehende und eine abstoßende Kraft ist, daraus lassen sich keine stabilen Zustände hervorbringen.

Meine Gedanken pendelten zwischen Physik und Martha hin und her. An diesem Tag vermisste ich sie schmerzlich. Während ich von meinem Kaffee schlürfte, betrachtete ich Martha mit einer anderen Einstellung. Kerzen in ihrer Bude kamen in meine Erinnerung, Figuren aus dem Asia-Laden, Teddybären, bunte Kissen, Tee und Räucherstäbchen in ihrer Dachkammer. Eine warme, angenehme Vorstellung an so einem kalten Herbstregentag. Ich brauchte jemand, der mir zuhörte, um mein Versagen beim Vorspielen zu bejammern. Eben einen Menschen wie Martha. Sie konnte zuhören und wenn sie mich unterbrach, dann stellte sie kluge Fragen. Heute brauchte ich kein Abendessen, sondern nur etwas Verständnis und eine Tasse Tee mit trockenen Plätzchen, um diesen Tag abzuschließen. Ein Tag, von dem ich viel erwartet, an dem ich aber nichts erreicht hatte.

Der Kaffee, ich hatte mir noch zwei weitere Tassen bestellt, hatte meine Stimmung so weit aufgemöbelt, dass ich beschloss, Martha noch einmal zu besuchen. Ich hatte mein Saxofon unter den nassen Mänteln an der Garderobe vergessen und musste nach ein paar Schritten auf der Straße noch einmal umkehren, um die Kiste mitzunehmen, die mir so viel bedeutete. Am Taxistand beim Busbahnhof warteten nur zwei Fahrer auf Gäste, auf eine Fuhre für den frühen Abend, an dem es regnete und wenig Arbeit für sie gab.

Der erste Teil der Fahrt im Taxi und das Warten vor den Ampeln der Innenstadt verlief schweigsam.

Eine kleine Plastiktafel auf dem Armaturenbrett verriet: »Es fährt sie Harry K.«

»Von wo kommen Sie, Herr Harry?«, fragte ich, nur um das Schweigen zu brechen.

Der Mann am Steuer freute sich, angesprochen zu werden, und erzählte redselig, er käme aus Griechenland, er sei ein legaler Migrant in der EU und er fahre gerne Taxi, vor allem in der Nacht, wenn der Verkehr ruhiger ist. Er liebe seine Arbeit und freue sich, Menschen vor hier nach da zu bringen. Er fände es bedauerlich, dass er bei der Arbeit seinen Hund oft nicht mitnehmen könne.

»Ich habe keine Familie, keinen Menschen, mit dem ich mich unterhalten kann«, sagte er, »Ich habe meinen Hund aus Griechenland mitgebracht. Wir reden oft und er versteht mich.«

Ich vermied es, nach seiner Familie zu fragen und das Gespräch weiter auf persönliche Einzelheiten zu lenken. Der Spritverbrauch seines Autos oder eine andere nebensächliche Konversation über das Wetter wäre von Anfang an ein besseres Thema für unsere Taxifahrt gewesen.

»Es regnet.«

»Ja, es regnet schon seit gestern. Nur heute Vormittag nicht.«

Eine belanglose Plauderei am Abend.

Die Fahrt in die Vorstadt führte an einem leeren Platz vorbei, auf dem an diesem Abend Lastwägen, Sattelschlepper und Kräne arbeiteten, dem Volksfestplatz. Die Schausteller waren wieder da und bauten, wie jeden Herbst, ihre Buden und Geschäfte auf.

Martha wohnte weit draußen in der Vorstadt, in einem Stadtteil, in dem die Straßen die Namen von Dichtern und Denkern trugen, Hegel, Kant, Fichte, Schiller und Schelling, Wittgenstein. Ich kannte die Adresse, wusste den Weg zu ihr. Anaximenes' Name passte nicht genau in diesen Zusammenhang, aber Harry freute sich, als ich den Straßennamen aussprach. Martha wohnte in der Anaximenes-Straße.

Warum war keine Straße, keine Kreuzung und kein Platz nach einem Physiker oder Mathematiker benannt? Carl-Friedrich-Gauß-Platz oder eine Max-von-Laue-Straße? In diesem Land ehrte man weder die Mathematiker noch die Physiker, keiner hatte einen Straßennamen abbekommen, man suchte sie vergeblich auf dem Stadtplan. Dahingegen bekam jeder halbwegs begabte Politiker, jeder, der eine brauchbare Idee gehabt oder eine einzige gute Rede gehalten hatte, seine Straße. Jeder, der ein Buch geschrieben oder ein paar Verse für ein Kinderlied gedichtet hatte, wurde so geehrt. Waren die Dichter und Denker systemrelevanter als die Naturwissenschaftler? Zumindest mussten die Denker tot sein, um gewürdigt zu werden. Damit sollte vermieden werden, einem Denker zu huldigen, der am Ende seine Meinung geändert und doch anders gedacht hatte. Geisteswissenschaftler haben eine Meinung, Mathematiker haben nachprüfbare Lösungen, man müsste also nicht auf deren Ableben warten.

Die besser gestellten Menschen in der Vorstadt besaßen Autos. Aus diesem Grund war der Stadtteil, der auf einem Hügel lag, am Abend nicht mit dem Bus zu erreichen. Die Bewohner des ordentlich gepflegten Dichter-und-Denker-Viertels besaßen große, hübsch anzusehende Häuser mit Doppelgaragen, darum herum großflächige Gärten mit kurzrasierten Rasenflächen. Dort standen fachgerecht geschnittene Obstbäume und in einer windgeschützten Ecke fast jeder häuslichen Grünanlage waren Holzbänke um einen Platz zum Grillen gruppiert. Für Feste im Sommer mit Freunden. Versteckte Kameras spähten über die

Jägerzäune, verborgen von Ranken mit reifen, roten Hagebutten oder herbstlich-buntem Weinlaub. Das Licht am Garteneingang leuchtete bei jeder Bewegung vor der Tür auf und erlosch nach genau fünfundvierzig Sekunden, weil vom Hersteller so konfiguriert.

Ich wollte nach Harrys Hund fragen, aber das Taxi war inzwischen vor dem Haus angekommen, in dem Martha unter dem Dach ihr Studentenzimmer hatte.

Der freundliche Taxifahrer fragte, ob er auf mich warten solle.

»Ich warte gerne. Sie brauchen für die Wartezeit nicht zu bezahlen. Ich kann Ihnen ja keinen Fahrpreis berechnen, wenn wir nicht fahren.« Das leuchtete mir ein. Ein netter Mensch, der Herr Harry.

Martha wohnte zur Miete bei reichen Leuten, Bekannte ihrer Eltern vom gemeinsamen Golfspielen. Der Zugang zu ihrer Dachwohnung hatte eine eigene Klingel. Ich brauchte nicht bei dem Notar oder Doktor – oder was der Glatzkopf in Erdgeschoss sonst beruflich treiben mochte – zur Gesichtskontrolle antreten. Das ersparte mir den Dialog: »Schön, dass sie Martha besuchen, sie waren ja vorgestern auch schon mal hier ...«

»Nein, das war nicht ich, das war wohl ein anderer.«

Aber Martha war heute doch nicht zu Hause. Ich hatte viele Male geläutet und damit nur erreicht, dass der Glatzkopf, dem das Haus mit der Doppelgarage gehörte, mit seinen gestreiften Leggins zur Tür schlurfte.

»Nein, Martha ist gerade nicht daheim«, sagte der Kahlkopf. »Sie war vorhin noch mal ganz kurz oben in ihrer Bude und ist dann in großer Eile wieder weggerannt. Seltsam. So aufgeregt habe ich sie noch nie gesehen.«

»Es wird schon alles in Ordnung sein«, murmelte ich, nur um etwas zu sagen, »ich sehe sie ja sowieso morgen in der Uni.«

»Wollen Sie vielleicht eine Nachricht dalassen, eine Notiz, einen Zettel?«, fragte der Glatzkopf.

»Nein, danke, das ist nicht so wichtig.«

Es war jammerschade, dass ich Martha nicht angetroffen hatte. Vielleicht wäre es ein kuscheliger Abend geworden. Sie hätte mir zugehört, mich verstanden oder wenigstens Anteilnahme vorgespielt. Draußen Herbstregen, drinnen ein Abend bei Rauchtee und Kerzenschein.

Als ich vom Hauseingang zurückkam, saß Harry wartend neben seinem Taxi auf dem nassen Rinnstein und kraulte einen großen gelben Hund. Die beiden, der Fahrer und der Hund, kannten sich gut, das konnte man sehen. Das also war der treue Gefährte, von dem Harry während der Fahrt erzählt hatte. Bevor wir losfuhren, gab Harry dem Tier noch einen Happen zu fressen und verabschiedete ihn daraufhin mit einem freundlichen Klaps in den Nieselregen der Nacht. Der Regen schien den Hund nicht zu stören.

»Das ist aber ein lieber Hund. Haben Sie den selbst so erzogen? Wie heißt er denn?«

»Das ist Aikos. Die Leute fürchten sich vor ihm, weil es manchmal aussieht, als ob er in der Dunkelheit verschwände und unsichtbar würde. Aber er ist harmlos.

Wohin darf ich Sie jetzt bringen?«, fragte Harry.

»Ach, irgendwohin. Am besten zurück in die Stadtmitte.« Ich hatte keinen Plan für den Rest des Abends.

Donatella

Die Fahrt führte uns wieder an dem Volksfestplatz vorbei, jetzt lag die Einfahrt auf der rechten Seite der Straße. Es war früh am Abend und ich entschied, die Fahrt zu unterbrechen, um mich auf dem Platz umzusehen. Ich hatte mir nichts anderes für den Rest des Tages vorgenommen und wollte noch nicht zurück in meine kalte Wohnung, wo ich doch nur wieder alleine vor dem Fenster gesessen und auf die leere Straße vor dem Haus gestarrt hätte. Das vergeigte Vorspielen plagte mich noch immer. Den Instrumentenkoffer ließ ich einstweilen im Auto, um nicht den Eindruck zu erwecken, ich sei ein arbeitssuchender Musiker. Was ich suchte, war ein warmes Abendessen, denn ich hatte seit dem Vorspielen am Nachmittag nichts gegessen und war inzwischen hungrig. Selbst wenn der Jahrmarkt noch nicht eröffnet war, bestand dennoch die Aussicht, hier ein Essen zu bekommen, eine Bratwurst oder – falls gar nichts anderes zu finden war – Popcorn oder gebrannte Mandeln. In meinen Gedanken bildete sich die klare Vorstellung einer heißen Currywurst heraus.

Ich verließ die Enge des Taxis und freute mich über meine langen, ungehinderten Schritte in dem frisch aufgestreuten Sand, der sich dort, wo die Lastwagen tiefe Reifenspuren zurückgelassen hatten, mit Schlamm mischte. Durch den Regen am Nachmittag hatten sich Pfützen mit Wasser gefüllt und spiegelten das ungleichmäßige Licht der Kräne und Zugmaschinen. Eine Seite des Platzes war finster. Kabel lagen in Dunkelheit auf dem Weg. Gegenüber, auf der anderen Seite der Eingangsgasse, war es hell, die Buden auf dieser Seite hatten Strom und die Arbeiter werkelten weiter daran, mehr Lampen, mehr buntes, flackerndes Neon aufzuhängen, mehr Licht.

»Na, Kleiner, biste gekommen, um uns hier zu helfen?«

Es sprach eine raue Frauenstimme von der dunklen Seite des Platzes zu mir.

Ich ging weiter. Ich wollte nicht angesprochen werden, nicht jetzt und nicht hier. Folglich bummelte ich weiter bis zum Ende des Platzes, dort, wo der Boden von der Nässe nicht tief aufgeweicht war. Nirgendwo gab es Essen. Die Buden, die Popcorn, Bratwurst und gebrannte Mandeln versprachen, waren noch dunkel. Ein Stand mit asiatischen Leckereien baute gerade auf, aber der Gaskocher war nicht angeschlossen, die Küche kalt. Ich wandte mich um und ging zurück zu meinem Taxi, das an der Einfahrt zum Gelände mit hell leuchtenden Scheinwerfern wartete.

»Na Kleiner, wo willste denn heut' noch hin?«, fragte die Stimme von vorhin – und dann, in reinem Hochdeutsch, jetzt langsam und mit Nachdruck:

»Kannst du Strom?« Die Worte waren solcher Bestimmtheit gesprochen, als sagte sie: »Es werde Licht.«

In diesem Augenblick klang die Frauenstimme nicht mehr höhnisch, sondern wie eine dringende Bitte um Hilfe. Aus Neugier trat ich näher an den Stand heran, der in der Dunkelheit als Autoscooter erkennbar wurde. Scooter ohne Licht, ohne Strom; Planen verdeckten die kleinen Autos. Davor eine große Frau, in dunkler Kleidung und in Stiefeln, die mit einer Hand an dicken Kabeln herumzerrte und in der anderen Hand, kopfunter, ein totes Tier hielt, dem Aussehen nach eine Ratte.

Um nicht ganz unhöflich zu erscheinen, trat ich näher.

»Guten Abend!«

»Nee, dat is' kein guter Abend, nä«, zeterte sie, »mein Helfer is' mir abgehaun und hat mich mit dem ganzen Mist hier sitzenlassen.«

»Das tut mir leid«.

So kam unser Gespräch in Gang. Sie, mit dunkler, warmer Altstimme:

»Bis letzte Woche hatte ich noch zwei Handlanger. Die ham sich vom Acker gemacht. Dat Geld war denen nicht gut genug. Der eine war ein Illegaler aus Afrika, von wo genau, weiß ich auch nicht. Ich bin ja kein Erdkundelehrer!«

Sie hatte ihn nie nach seinem Herkunftsland gefragt. Es war ihr egal, denn die Männer erfüllten nur ihre Rolle als Helfer, Knechte, die ihren Weisungen folgten.

»Der Illegale konnte den Strom anschließen und war ein geschickter Allzweck-Techniker, das reichte. Der andere stammte aus dem Irak. Die haben beide nur abends gearbeitet, da ist die Gewerbeaufsicht nicht so scharf«.

Sie sah, wie ich das tote Tier in ihrer Hand betrachtete.

»Alle denken, dat is 'ne Ratte. Iset aber nich.«

Ihre Sprache glitt wieder in einen Ruhrpottdialekt ab.

»Sieht aber so aus«, hielt ich dagegen.

»Nee, dat is'n ganz liebet Tier, dat war en liebet Tier. Abgehaun iser mir und innen Stromkasten rinne. Un gez isser tot.«

Ihre Stimme stockte und sie schluckte.

»Hömma, dat is'n Frettchen, ich hat' es dressiert und er war mein liebster Freund. Wir ham uns oft inner Nacht unterhalten. Un gez – tot!«

Es fiel mir schwer, die geeigneten Worte zu finden, die Frau im Dunkeln mit ihrer toten Ratte oder was sie da am Schwanz festhielt, zu trösten.

Sie hieße übrigens Donatella, sagte sie, nachdem sie sich gefangen hatte, ihr Künstlername. Was ich denn abends hier wolle, die Eröffnung sei doch erst übermorgen.

»Ach, ich weiß nicht, was zu essen, vielleicht.«

Sie hätte noch Lasagne von gestern in der Mikrowelle, aber ohne Strom könne sie das nicht heißmachen. Wir lachten zusammen – ich hatte kein Essen, sie keinen Strom. In diesem Moment verband uns das Lachen über unsere gemeinsame Hilflosigkeit.

»Ich komm' schon irgendwie zurecht, einer vom Kettenkarussell nebenan hilft mir bestimmt, mit dem Strom. Ich habe ja schon viel Schlimmeres erlebt und auch überstanden.«

Dann die überraschende Wendung:

»Hömma, kommste Samstach noch ma' hier rum, ja?«, fragte die Donatella-Frau.

»Ja, dann bis morgen oder übermorgen, ok, gerne.« Meine eigenen Worte überraschten mich selbst, aber es war schon gesagt.

Was zum Teufel hatte mich an so einem Abend hierhergebracht, buchstäblich fehl am Platz? Was suchte ich hier und was morgen oder übermorgen?

»Ja, komm«, rief sie mir nach, »mach' dat, ja«, als ich schon auf dem Weg zum Taxi war.

Ich hielt inne und sah zurück auf den dunklen Scooterkiosk und Donatella, halb im Schatten, halb im Licht von der Gegenseite, immer noch mit dem toten Felltier, kopfunter in ihrer Hand. Harrys Hund lief über den Platz, von der hellen auf die dunkle Seite, und verschwand in der Finsternis hinter Donatellas Aufbau. Es schien unwahrscheinlich, dass der Hund uns die ganze Strecke nachgelaufen sein sollte. Er war einfach da, aber lief jetzt nicht zu Harry hin.

»Ja, komm!«

Wie auf einem Karussell gingen mir Donatellas Worte durch den Kopf: »Komm!«. Auf der Heimfahrt hing ich meinen Gedanken nach, dachte an die flotte Frau in den dunklen Kleidern, mit den Stiefeln, dem Ruhrpottdialekt und der toten Ratte in der Hand. Sie war nicht von hier.

»Komm!«

War das eine Einladung oder hatte sie das nur so dahingesagt? Warum sollte ich auf den matschigen Platz und in die wilde Welt der Schausteller zurückkehren, in eine Welt, die so verschieden von meiner geordneten Lebenswelt war? Aber der Gedanke an einen weiteren Besuch ließ sich nicht einfach beiseiteschieben und drängte sich, trotz aller Absicht, an etwas anderes zu denken, immer wieder in den Vordergrund meines Bewusstseins. Noch mal hingehen oder nicht?

Logik gegen Gefühl, die Abwägung führte zu widersprüchlichen Denkergebnissen und zu keiner eindeutigen Lösung.

Wie weiter?

Meine Welt über der Straße

Das Haus aus der Gründerzeit, in dem ich wohnte und zu dem ich jetzt zurückfuhr, war vier oder fünf Etagen hoch, je nachdem, wie man zählte. Die Wohnung war zu teuer für mich, aber praktisch und wohnlich. Das Gebäude hatte Erker und Schnörkel um die Fenster und andere neoklassizistische Elemente. Vieles war bei der letzten Renovierung mit dem Vorschlaghammer vereinfacht worden. Im Gegenzug, so argumentierte die Hausverwaltung, bauten sie eine neue Heizung und bessere Fensterscheiben ein und erneuerten den Parkettboden.

Wie bei den meisten Häusern aus der Gründerzeit war im Inneren des Gebäudes ein Lichtschacht, eine finstere vertikale Aussparung, offen zum Himmel hin, in die der Regen fiel. Der Schacht verband die kleinen Fenster der Toiletten und der Küchen aller Wohnungen und war ursprünglich eingebaut worden, um mehr Licht und Luft in das Gebäude zu bringen. Beide Aufgaben erfüllte das Luftloch nur unzureichend. Die Geräusche und Gerüche aus fünf Etagen störten alle, was uns in gewisser Weise verband. Im oberen Bereich des Lichtschachtes, in dem meine Wohnung lag, versammelten sich die Ausdünstungen des gesamten Mietshauses zu strengem Gestank. Zum Ausgleich dieser Unzulänglichkeit schien an Sonnentagen helles Licht in mein Obergeschoss, was den Umstand mit dem Mief nicht immer aufwog.

Wie jetzt im Herbst fand ich es wohltuend, für eine Reihe von Tagen zu Hause zu bleiben, um Bücher meiner Diplomarbeit durchzuarbeiten und anschließend zur geistigen Lockerung für eine oder zwei Stunden alleine zu musizieren, wenn es nicht schon zu spät am Abend war und ich die anderen im Hause dadurch belästigen könnte.

Manchmal verdiente ich mit der Musik, mit meinem Saxofon, ein Nebeneinkommen. Mal war es Begleitmusik zu einer kurzen Zeremonie in der Kirche, mal bei einer Combo, die bei fremden Leuten zur Hochzeit aufspielen wollte, aber keine Saxofonstimme in ihrer Besetzung hatten. Musik war nicht mein

Beruf, bedeute mir aber mehr als nur das wenige Bargeld für einen Gig. Musik war für mich eine andere Dimension im Leben, eine erfreuliche Zerstreuung der Gedanken.

Ein oder zweimal im Semester war es notwendig, zu auswärtigen Unis zu reisen, um dort ein wichtiges Referat anzuhören oder zusammen mit anderen Kommilitonen unseren Professor zu seinen Vorträgen zu begleiten, den Projektor zu bedienen oder ihn bei Debatten argumentativ zu unterstützen. Böse Stimmen nannten uns die Claqueure des Instituts. Nach den Vorträgen tranken wir miteinander Bier, diskutierten eine Zeitlang über die Unendlichkeit und übernachteten in schlichten Hotels, die meist im Umfeld des jeweiligen Bahnhofs zu finden waren, nie nahe am Campus, sondern in größeren Städten oft am Bahnhof und in fußläufiger Entfernung des Rotlichtbezirkes. Für mich war das Ende solcher Dienstreisen, die Heimkehr, das Erfreulichste an den Ausflügen. Ich fand keinen Gefallen daran, aus dem Koffer zu leben, nicht für einen einzigen Tag.

Im Vergleich zu den fremden Unterkünften war meine Wohnung hell und behaglich und roch immer noch nach Holz und frischer Anstrichfarbe. Dort hatte ich einen freien Fensterausblick zur Straße, auf parkende Autos, auf Kastanienbäume, die die Straße auf beiden Seiten säumten, und auf einen kleinen Kiosk gegenüber, der Zeitungen, Bier und Zigaretten verkaufte. Im Herbst, wenn die Blätter der Kastanienbäume abgefallen waren, beobachtete ich, wie der Betreiber des Büdchens auf Kundschaft wartete, sich in seinem Laden langweilte und welches Fernsehprogramm er verfolgte; meist Fußball. Im Halbstunden-Abstand holte er sich eine Flasche Bier aus dem Kühlschrank, die er dann umständlich aufmachte, weil er den Flaschenöffner in einer Schublade hinten im Laden aufbewahrte und für jede neue Flasche mühsam vom Fernseher aufstehen musste, was ihm schon im nüchternen Zustand wegen seiner Leibesfülle nicht leichtfiel.

Es hatte sich gezeigt, dass die Wissenschaft viele Umstände des menschlichen Lebens mit Begriffen erfreulicher Exaktheit beschrieb. So betrachtete ich die Zeit zu Hause, in meiner heimeligen Wohnung, als Ruhezustand, ein Begriff, den ich mir aus der Gedankenwelt der Physik geborgt hatte. Die andere Welt, das Geschehen da draußen unter dem Fenster und auf der Straße, war nicht berechenbar, sondern zufällig und unentwirrbaren stochastischen Vorgängen unterworfen. Als angehender Physiker, der die Grundprinzipien der Natur kannte, hielt ich viel von der Zuverlässigkeit, einen Teil der Zukunft voraussehen und planen zu können. Die vertraute Sichtweise von Ursache und Wirkung war für mich zutiefst beruhigend. Mein Leben unterlag nicht dem Zufall, sondern war planbar und geordnet. Der Ruhezustand. Es lag noch weit jenseits meiner Vorstellung, dass alles bald anders kommen würde.

Für die wenigen Tage, an denen ich aus dem Haus musste, um Besorgungen zu erledigen, zur Unibibliothek, zum Institut oder zum Einkaufen der täglichen Notwendigkeiten, gebrauchte ich in Analogie zur Atomphysik den Begriff ›angeregter Zustand‹. Wie ein Elektron, das aus seinem angeregten Energiezustand ein Lichtquäntchen abgibt, kurz blitzt und sich gleich wieder beruhigt und auf seine gewöhnliche Umlaufbahn zurückfällt. Draußen, unterwegs, auf der Straße erlebe ich Unerwartetes: Neues, Anregendes, Erfreuliches, mitunter Entsetzliches, aber durchweg Bemerkenswertes, wenn ich mir nur die Zeit nehme, die Menschen in meinem Gesichtskreis achtsam zu betrachten.

An solchen Tagen plante ich meinen Weg durch die Stadt und die Reihenfolge der Besorgungen in allen Einzelheiten voraus. Die Wegstrecke war optimiert, um Zeit zu sparen. Einkäufe, an denen ich schwer zu tragen hatte, liegen am Ende meines Weges, denn selbstverständlich wollte ich den Kladderadatsch nicht lange herumtragen, sondern auf dem kürzesten Weg nach Hause bringen. Es gelang mir immer abzuschätzen, wie lange ich an den verschiedenen Stationen brauchen würde, wie viele Minuten ich an der Kasse im Billigmarkt vertun würde, wann ich auf welcher Straßenseite nach Hause gehen sollte, um im Sommer nicht in der Mittagshitze zu schwitzen. Ich hatte längst herausgefunden, wann ich mich im Café an welchen Tisch setzen musste, um Gesellschaft für einen Gedankenaustausch zu finden oder aber, an anderen Tagen, um alleine zu bleiben und ungestört zu lesen. Mein Leben war strukturiert, durchgeplant und optimiert. Ich hatte alles im Griff – glaubte ich.

Nach jeder Exkursion aus meiner geordneten Dachwohnung-Welt, nach jedem Streifzug durch die chaotische Innenstadt, brachte ich einen Kopf voller kunterbunter Eindrücke nach Hause. In der Ruhe meines stillen Kämmerleins unter dem Dach ließ ich die frischen Erlebnisse in Gedanken vor mir ablaufen und suchte nach einem Sinn, nach einer Struktur in dem Chaos, das ich zuvor beobachtet hatte.

Martha war früher zuweilen Gast in meiner Dachwohnung gewesen. Damals hatten wir lange Gespräche geführt, in denen sie versuchte, mir ihre achtsame Weltsicht mit Sätzen wie: »sich auf den gegenwärtigen Moment beziehen«, oder »absichtsvoll und nicht wertend einen Bezug auf die Realität suchen«, nahezubringen, Sichtweisen, mit denen ich immer noch nichts anfangen kann.

Martha studierte Medizin und ihr Campus lag weitab von unserem Institut für theoretische Physik am Altstadtring, für das ich einen Schlüssel zum Haupteingang hatte und in dem ich schnell wittern konnte, wo gerade frischer Kaffee aufgebrüht wurde.

Seit wir uns im Frühjahr voneinander verabschiedet hatten: »Wir können ja weiter Freunde bleiben«, hatte ich Martha nicht mehr gesehen. An manchen Tagen war sie vollkommen aus meinen Gedanken verschwunden, an anderen Tagen vermisste ich sie noch.

Die anderen im Haus

Zu den anderen Bewohnern im Haus hatte ich keinen Bezug. Ich kannte ihre Namen vom Klingelbrett und vom Briefkasten und begegnete ihnen hin und wieder im Treppenhaus. Das war alles, und mehr wollte ich nicht wissen.

Frau Mora hauste mit ihrer Katze in der kleinen Wohnung im Tiefparterre; eine kurze Treppe nach unten, eine Klingel, Kiki Mora, stand neben dem Briefkastenschlitz. Die Mieter der höheren Etagen des Hauses benutzten einen anderen Eingang. Frau Moras Wohnzimmerfenster lag auf Augenhöhe mit dem Trottoir und gab Ausblick auf die Schuhe der Leute, die dort vorbeigingen, dahinter die Reifen der parkenden Autos, die den weiteren Blick auf die Fahrbahn versperrten. Gelegentlich trieb der Wind trockenes Laub vor dem Fenster vorbei. Manchmal kam ein struppiger Hund, gezogen an einer Leine, vorbei und sah in das Fenster, neugierig den Geruch erschnuppernd, der aus der Halb-Keller-Wohnung strömte. Das Fenster war Frau Moras Aussicht auf die Stadt, auf die Menschen der Stadt, ihre Schuhe und Stiefel, ihre Hunde und Hundeleinen, die Reifen ihrer Autos, auf Abfallpapiere, Bonbontüten und die bunte Reklame, die vormittags in die Briefkästen des Hauses gestopft wurde. Alles vor dem Fenster erzählte ihr eine Geschichte, aber es waren unvollständige Erzählungen, denn es fehlten die Köpfe und die Gesichter, die dazugehörten. Und doch genügte es ihr, den kleinen Teil der Stadt und die gesichtslosen Einzelwesen zu betrachten. Sie ergänzte den unsichtbaren Rest der Gestalten mit Stücken aus ihrer Erinnerungen oder Fantasie. Wie ich verließ Frau Kiki ihre Kellerwohnung nur zum Einkaufen. Sie vermied es, den Menschen zu begegnen, von denen sie nur die Schuhe, Stiefel und Hosenbeine kannte.

Vor acht oder neun Jahren war eine junge Katze durch das Wohnzimmerfenster zu Kiki gekommen.

Das Kätzchen war an der rechten Vorderpfote verletzt und dankbar, eine Bleibe im Souterrain zu bekommen, die Sicherheit vor struppigen Hunden und Autoreifen bot. Das Tierchen versuchte nicht, durch das offene Fenster nach draußen in das Revier zu entkommen, das man gemeinhin mit Freiheit beschreibt. Im Lauf der Jahre war das kleine Kätzchen zu einem großen dunkelgrau gestreiften Kater aufgewachsen, pummelig und übergewichtig, aber – wie es schien – mit dem Los seines Lebens in den wesentlichen Zügen zufrieden. Die Frau und ihr Kater saßen oft zusammen am Wohnzimmerfenster und ließen die Welt der Schuhe und gelben Laubblätter vor ihrem Souterrainfenster am morgen aufgehen und in der Dunkelheit des Abends versinken. Die beiden, Mora und ihr Kater, brauchten sich und leisteten sich gegenseitig Gesellschaft. Sie hatten acht Weihnachtsabende gemeinsam alleine verbracht; mit Kerzen, die der Kater gar nicht ausstehen konnte, mit dem Geruch von Weihnachtsbäckerei und mit einem extra Fischkopf zur Feier des Festes. Essen und Schlafen waren geregelt, der Kater schlief in seinem Körbchen. Mit zunehmendem Alter erfreute er sich an der Wärme menschlicher Gesellschaft, die er sich nächtens im Bett der Frau buchstäblich erschlich. Während es für uns Menschen ein Geheimnis bleiben wird, ob der Kater jemals über seine Zukunft nachdachte, bereitete der Gedanke an das, was einmal sein würde, Frau Mora zunehmend Kummer. Was würde aus dem geliebten Haustier werden, wenn sie ihn eines Tages nicht mehr versorgen konnte?

Von den anderen Mitmietern in dem Haus hatte ich drei Parteien kennengelernt und das nur flüchtig und *en passant* im Treppenhaus oder im Gang zum Hof, dort, wo die Mülltonnen standen und wo ein herrenloses Damenfahrrad an der Wand lehnte. Obwohl mich das Leben der anderen Personen im Haus nicht im Geringsten kümmerte, las ich im Vorbeigehen ihre Namensschilder an den Türen.

Da lebten Harut und Marut, die zusammen eine Wohnung gemietet hatten. Ihre ähnlichen Namen legten die Überlegung nahe, dass sie Geschwister sein könnten. Die beiden Mieter werkelten an jedem Tag bis spätabends geräuschvoll in ihrer Wohnung. Seltsame Geräusche waren von ihrer Etage zu hören: fremde Musik, Schreie, Gebete. An manchen Tagen drangen eigentümliche Aromen aus ihrer Wohnung, die Ausdünstung von Essig und andere unbestimmbare chemische Gerüche, die sich im Treppenhaus und in dem Lichtschacht ausbreiteten. Der spezifische Gestank legte die Vermutung nahe, dass die zwei Ausländer in ihrer Wohnung Drogen zusammenkochten. Wollte ich das wirklich wissen?

Ein anderer Mieter in dem Haus, Azazil, lebte wie ich alleine. Er hatte nie Besuch, verließ stets am frühen Vormittag die Wohnung und kehrte am späten Nachmittag, stets vor Sonnenuntergang, zurück. Höflich deutete er mit einer Geste an, dass er in Eile sei. Die Regelmäßigkeit seines Tageslaufes ließ mich vermuten, dass er einer ordentlichen Tätigkeit nachging. Interessanterweise folgte Herr Azazil auch an den Wochenenden seinem täglichen Ritual. Ich stellte mir vor, dass er als Küster in einer Kirche, einem

Tempel oder Gebetshaus diente oder als Wächter in einem Kunstmuseum angestellt war.

Asrael, ein anderer Mieter, wohnte im Hochparterre, eine Etage über Frau Mora und ihrem Kater. Asrael ging spät in der Nacht aus dem Haus und kam in den frühen Morgenstunden nach Hause, wie jemand, der Nachtschicht arbeitet. Er erwiderte keinen Gruß und sprach nie. Sein Gesicht war leer, ausdruckslos, mit hohlen Augen, die im engen, dunklen Treppenhaus, wie bei einem Blinden, stets in die Ferne blickten. Asrael schlurfte mit schweren Füßen. Ich nahm an, dass er ein freudloses Leben führte und, während er nachts unterwegs war, traurige Dinge erlebte oder einer leidvollen Arbeit nachging, die sorgenschwer auf ihm lastete; mit Gedanken, die ihn auch am hellen Tag verfolgten. Im Treppenhaus tappte er langsam von Stufe zu Stufe – jeder Schritt hallte bis nach oben, tap, tap, tap, – bis er unten endlich die Haustür erreichte, die hinter ihm dröhnend ins Schloss fiel. Er war aus dem Haus gegangen. Seine Schritte klangen unheimlich, tap, tap, tap, Minuten in der Nacht, in denen ich auf das erlösende Krachen der zufallenden Eingangstür wartete. Ich empfand das allabendliche Hörspiel von »Asrael auf der Treppe« wie das Schlagen einer Kirchturmuhr, ohne Glocken oder den Hall eines einsamen Landsknecht-Trommlers in den engen Gassen einer alten Kleinstadt.

Die Entscheidung

Ich konnte Donatella nicht vergessen. Schon während ich morgens meinen Kaffee aufgoss und das Frühstück auf dem Tablett zurechtstellte, erwog ich abermals, Donatellas Einladung zu folgen und noch einmal zu dem Volksfestplatz zu fahren. Aber warum? Die ›Scooterfrau ohne Strom‹ war deutlich älter als ich, geschätzt zehn oder fünfzehn Jahre. Sie war ohne Zweifel eine außergewöhnliche, und auf ihre Weise attraktive Frau, aber nicht die Art von Weiblichkeit, nach der ich mich auf der Straße umdrehen würde, oder wegen der ich mich im Supermarkt unverhältnismäßig lange vor dem Kosmetikregal herumgedrückt hätte, um einen zweiten Blick auf die Frauengestalt zu stehlen.

Ich überlegte weiter: Was, wenn ich sie nicht anträfe? Oder noch blöder, was, wenn sie einen Kerl hatte, einen Mann, Freund, jemand, der mit ihr wohnte? Mit einem solchen Typen wollte ich mich nicht konfrontieren. Der Gedanke, dass Donatella mit einer anderen Frau zusammenleben könnte, kam mir allerdings nicht in den Sinn.

Ich malte mir aus, dass ich am Nachmittag wie ein zufälliger Besucher unbeobachtet über den Platz schlendern könnte. Nur so. Unauffällig. Oder vorschützend, ich suchte nach meinem Schlüsselbund oder einem anderen Gegenstand, den ich in der vergangenen Nacht verloren hätte. Ich könnte mich an dem Geruch von gebrannten Mandeln und frischem Popcorn erfreuen, den Betrieben zuschauen, wie die

Schausteller die letzten Bauten für das Eröffnungsge-
schäft aufrichteten.

Ich stellte mir den schlammigen Volksfestplatz
vor und sah aus meinem Fenster nach dem Wetter. Es
war Herbstwetter, ein kalter, aber sonniger Tag, trocken, ohne den Nieselregen von gestern. Welches
Schuhwerk, um in Schlamm und den Pfützen nicht
wie ein Trottel auszusehen? Gelbe Gummistiefel? –
Keinesfalls, nein! Ich hatte Schnürschuhe im Schrank,
die ich vor zwei Jahren für eine Bergwanderung mit
Martha gekauft, aber niemals mehr getragen hatte.
Darüber Jeans, eine dicke Jacke mit großen Taschen,
sodass ich die Hände freihätte und keine Tasche oder
Rucksack bräuchte. Ich wollte unauffällig auftreten,
locker, unsichtbar, kaum beachtet.

Ich erreichte mein Ziel kurz nach Mittag. Es
herrschte noch keine Geschäftigkeit auf dem Volksfestplatz, kaum Volk und kein Fest. Die Läden und Buden hatten eben erst die Lichter und die Lautsprecher
aufgedreht. Musik! Der matschige Boden war in der
letzten Nacht mit frischem Schotter und Sand aufge-
füllt worden und in weiten Teilen trocken. Jetzt, bei
Tageslicht, konnte ich die gesamte Fläche über-
blicken. Am Eingang stand eine Schießbude, Popcorn,
Lebkuchenherzen und andere kleine Betriebe. Donatellas Scooterzelt lag strategisch und in der Mitte des
Areals. Der Strom war inzwischen angeschlossen,
denn die Lichter blinkten auf dem Zelt und die Lautsprecheranlage spielte unaufdringliche Pausenmusik.
Die richtig großen Attraktionen der Kirmes standen
im hinteren Teil des Geländes, riesige Schaukeln und
andere Installationen mit Hydraulik, deren einziger

Zweck darin bestand, die Gäste herumzuwirbeln, sie zu beängstigen und dafür auch noch an der Kasse dicke Eintrittspreise abzugreifen. Aber noch wirbelte und schaukelte da hinten nichts, noch waren keine Besucher da.

Ich war viel zu früh unterwegs und im hellen Licht des kalten und wolkenlosen Nachmittags auf dem leeren Platz, alles andere als unsichtbar. Das war ein taktischer Fehler, denn mein Plan, in der Masse der Menschen nicht gesehen zu werden, funktionierte so nicht. Ich hatte das Element der Überraschung aus der Hand gegeben. Da stand ich jetzt wie ein Denkmal in der hellen Sonne mitten auf dem Platz, der mit dem frischen Sand wie ein Katzenklo aussah. Jetzt war es unmöglich, bei Donatella vorbeizuschlendern und sie anzuschwindeln, dass ich ohne Absicht zufällig vorbeiliefe.

Sie hatte mich längst ausgemacht, angesprochen wie ein Wild vor dem Hochsitz des Jägers. Donatella kam aus ihrem gelben Kassenhäuschen und ging, ohne die Bude zu verschließen, mit langen Schritten auf mich zu. Eine stattliche Frauengestalt, bestens ausgestattet mit allen Attributen der Weiblichkeit. Wie gestern in dunkler Kleidung, heute mit einem weißen Hemdkragen unter einer schwarzen Samtweste, die mit bunten Blumenornamenten bestickt war. Ihr glattes, rückenlanges schwarzes Haar war offen und wehte im kalten Nachmittagswind über ihr Gesicht. Mit schwarzen Westernstiefeln stapfte sie durch den feuchten Sand. Ihr Weg von der Kasse zu mir war lang. Ich wünschte, die Erde, diese nasse, sandige Pampe unter meinen Bergstiefeln, möge mich bitte sofort verschlucken. Jetzt! Gleichwohl beobachtete ich wie versteinert jeden ihrer Schritte, den weichen Gang einer Katze oder besser, eines Tigers. Sie sank dabei nicht mal in den Streusand ein, sie schwebte über dem Boden. »Kann sie auch auf Wasser wandeln?« Sie kam geradeaus auf mich zu während ich starr, unbewegt, herumstand.

»Na, Kleiner, bist du doch gekommen?«, rief sie von Weitem über den Platz. »Wir bauen in zwei Wochen ab und ziehen weiter«, sagte sie, als sie näher gekommen war.

»Willst du mitkommen?« Das war nicht ernst gemeint. Das konnte unmöglich so gemeint sein. Sie kannte mich nicht, und doch war es, als hätte sie fest mit meinem Besuch heute gerechnet. Konnte sie die Zukunft sehen?

»Komm in meinen Wohnwagen. Ich habe uns was gekocht. Du hattest doch vorgestern schon Hunger. Hat sie dir wieder nichts zum Essen gemacht?«

Wen meinte sie mit »sie«? Dachte sie, ich hätte eine Freundin? Wusste sie von Martha?

Ich hätte eine Kleinigkeit mitbringen sollen, einen Kuchen, einen Blumenstrauß oder eine Nützlichkeit, Werkzeug für den Elektro-Anschlusskasten, zum Beispiel. Peinlich. Ich dachte an ein Spinnenmännchen, das eine in Seide eingewickelte Fliege zur Balz mitbringt, um vom Weibchen nicht gleich vernascht zu werden. Ein beknackter Vergleich.

Um nicht stumm und sichtbar sprachlos im nassen Sand zu stehen, fragte ich:

»Was hast du denn gekocht?« Wie vertraut nahm sie meinen Arm, hakte sich unter und führte mich in die Richtung, wo die Wohnwagen standen. Wie ein Adler, der mit seiner zappelnden Beute zum Nest fliegt. Es war eine deutliche Geste; sie wollte mit mir gesehen werden. Auf dem Weg zu ihrem Wagen sagte sie:

»Ich bin aber nicht allein!« Ich hatte es befürchtet!

»Vielleicht ist es besser, wenn ich nicht reinkomme, ja?«

»Ach, du meinst einen Kerl, der bei mir aufkreuzen könnte? Nee, da ist keiner mehr. Hatte ich früher. Der ist jetzt im Knast. Streiterei, Messer und so. Lange her. Der kommt nicht mehr.«

Eine so freimütige Antwort hatte ich nicht erwartet.

»Komm, du musst keine Angst haben. Da ist nur ein junges Mädel bei mir. Erschrick nicht!«

Ihre Geradlinigkeit verwirrte mich. Wer war die andere Frau in ihrem Wohnwagen?

»Hier, das ist meine Tochter«, stellte sie ihr liebstes Kind vor. »Sie heißt Neslihan. Das ist ein türkischer Name. Oder ein kurdischer. Ach, ich weiß ja auch nicht, den Namen hat ihr Vater für sie ausgesucht, der stammte von dort.«

Beim »von dort« verdrehte sie die Augen und zeigte mit ihren ausgestreckten Armen in verschiedene Richtungen, als sei jeweils »dort« hinter der Schiffschaukel oder dem Popcornladen, gleich dahinter, das wilde Kurdistan oder die Türkei.

»Ist ja auch egal«, schob sie nach, »alle nennen sie Nessie, wie das Ungeheuer im Loch Ness in Schottland.« Sie lachte. »Das passt besser, weil sie oft verschwunden ist und dann unangekündigt wieder auftritt. Wie heute.« Sie lachte über ihre eigene Bemerkung. »Aber sie ist lieb, meine Nessie, mein einziges Kind ist kein Ungeheuer in einem kalten See, sondern ein warmer Mensch und ganz lieb.«

Nessie, das kleine Ungeheuer, gab mir zum Gruß artig die Hand. Ihre Haut war kalt, der Griff kraftlos und schlaff. Sie sah mir dabei nicht in die Augen, wandte sich nach der Begrüßung schnell von mir ab und ging zum Ende des Wohnwagens, dort, wo es selbst bei Tag düster war. Erst nach einigen Ermahnungen kam sie aus ihrer dunklen Ecke zum Essen. Nessie sprach wenig und wenn, dann leise, kaum vernehmbar und zu ihrer Mutter gerichtet. Ihre Körpersprache zeigte, dass ihr meine Anwesenheit nicht gelegen kam. Sie ließ mich so wissen, dass ich in ihren ureigenen Raum eingedrungen war, störte und nicht willkommen, sondern nur geduldet war.

Neslihan war nach der Goth Mode gekleidet und gestylt. Ich schätzte ihr Alter auf wenig mehr als zwanzig Jahre. Im Gesicht trug sie Piercings; Ohren, Augenbrauen, Nase und Unterlippe waren mit Stahlschmuck versehen. Ihre Erscheinung, ihr Äußeres war weder anziehend noch entstellt, es zeigte vielmehr etwas Unbeholfenes, Tapsiges, eine kindliche und unfertige Anmutung. Stimmig mit der Mode trug sie schwarze Kleidung mit einem weißen Kragen, einen kurzen Rock, darunter Netzstrümpfe mit Naht und klobige Schnürstiefel mit dicken Sohlen. Wie üblich hatte sie den schwarzen Eyeliner weiter von den Augenhöhlen bis zu den äußeren Augenwinkeln gezogen, wo die kohlenschwarze Farbe in drei kleinen Spiralen endete. Im Haar, silbergraue und violett gefärbte Strähnen. Ihre Haut – soweit nicht von den dunklen Klamotten verhüllt – zeigte unbeholfene, einfarbige Tätowierungen, Sterne und andere Symbole und die Buchstaben K-I-L-L auf den Fingern ihrer linken Hand. Solche Tattoos bekommt man nicht in den Studios der großen Städte, wo geschickte Künstler mehrfarbige Bilder in die Haut stechen. Nessies Hautbilder waren bläulich, einfarbig, grob und primitiv und von ungeübten Händen mit ungeeignetem Werkzeug zugefügt. Ihre Fingernägel waren kurz und schwarz lackiert, mit der Ausnahme der Mittelfinger beider Hände, die mit hell-violettem Lack im Farbton ihrer Haarsträhnen verziert waren. An einer langen Halskette trug sie ein Amulett mit runden, punktsymmetrisch-verschlungenen Symbolen. Der Anhänger war beschädigt und trug so stimmig zu Nessies unfertigem Aussehen bei.

Zum Essen am Nachmittag saßen wir zusammen an dem kleinen Tisch im engen Wohnwagen, Nessie stumm, Donatella plaudernd, um das Schweigen nicht allzu tief einsinken zu lassen, und ich immer noch konfus von Donatellas spontaner Einladung mitzureisen. Sie erzählte Geschichten von den Nachbarn am Platz, von dem Zoff, den es beim Aufbau der Anlage gegeben hatte, und von der Blondine am Popcornstand, die schon wieder einen neuen Freund hatte.

Das gemeinsame Essen war bald beendet und während ich mir eine Ausrede überlegte, einen Weg aus dieser ungemütlichen Gesellschaft, stand Nessie auf, warf ein Bündel Wäsche in die dunkle Ecke des Wagens und verabschiedete sich.

»Tschüss, Mama. Soll ich dir beim nächsten Mal wieder was mitbringen?«

»Nein, nein, lass' gut sein, Kleines, ich hab' noch genug.«

»Mach' dir keine Sorgen um mich.« Sie herzte ihre Mutter im Fortgehen mit einer flüchtigen Umarmung und polterte dann mit ihren schweren, schwarzen Schnürstiefeln über die Holztreppe des Wohnwagens und durch den frischen Sand. Wir sahen ihr durch das Fenster am Esstisch nach, wie sie, vorbei an der Zuckerwatte, weiter zum Ausgang stapfte, an Lebkuchenherzen, Popcorn und der Schießbude vorbei.

Es war schwer, nach diesem Auftritt den Gesprächsfaden wiederzufinden.

»Ja, so ist sie eben«, sagte Donatella, um die Stille zu brechen. »Sie hat viel von ihrem Vater, der war auch so«, wobei sie offenließ, was sie mit »auch so« meinte. Unmöglich, darauf zu antworten.

»Wo will sie jetzt hin? Was macht sie? Arbeitet sie irgendwo?«, wollte ich wissen.

»Ja, sie macht was mit Mission und so, hat sie mir mal verraten. Sie will Leute bekehren, Religion und so. Ich habe trotzdem keine Ahnung, was und wo. Sie kommt alle zwei, drei Wochen zu mir, manchmal bleibt sie ein, zwei Monate weg. Sie kennt unseren Reiseplan. Sie weiß immer, wo ich gerade bin, wann wir aufbauen und wann wir in die nächste Stadt weiterziehen. Ich erfahre aber nie, wo sie zugange ist. Manchmal glaube ich fast, irgendeine fremde Macht verrät ihr, wo ich bin. Wie eine Kamera aus dem Himmel.«

»Hat sie denn kein Telefon, um in Verbindung zu bleiben? Mütter und Töchter ratschen doch immer gerne miteinander, oder?«, fragte ich.

»Nein, hat sie nicht. Sie fürchtet sich vor den Strahlen, die da rauskommen, die irritieren ihr Chakra, sagt sie. Oder sie will nur ihre Ruhe haben. Kann auch sein.«

Nach diesem *Small talk* nahm unser Gespräch eine äußerst unvermutete Wendung:

»Und was ist mit dir? Kommst du mit?«, fragte Donatella zum zweiten Mal. »Mit uns?«, wollte sie wissen. Und wieder traf mich ihr Vorschlag unvorbereitet. Mit Dona reisen, mit den beiden Frauen leben und arbeiten. Als Arbeitskraft? Als Freund? Als Lover? Hatte sie sich das vorher zurechtgelegt, stand da ein Plan dahinter – oder sprach sie aus der Laune des Moments?

»Komm, ich zeig dir den ganzen Wohnwagen.« Donatella führte mich in den hinteren Teil des Wagens. »Hier, das ist der Frettchenkäfig, leer …«, sagte sieund zeigte mit der Spitze ihres Stiefels auf den Drahtkäfig am Boden. Aus ihrer Stimme war zu hören, dass sie das Tier sehr geliebt hatte und es ihr jetzt fehlte. War es wirklich ihr einziger Freund in ihrem Wanderleben gewesen?

»Die Leute sagten, als das Tierchen damals bei mir auftauchte, dass es sei vielleicht mein Ex, der auf seiner Seelenwanderung hierher kam, um das, was er in seinem Leben angerichtet hatte, zu richten.« Ich war erstaunt. »Aber das ist natürlich Quatsch, an so was glauben wir ja nicht, oder?«, schob sie nach.

Während meine Gedanken noch bei dem leeren Käfig, dem toten Frettchen und Donas Ex waren, fühlte ich ihre Arme, die mich von hinten umgriffen und ihre Hände, die sie jetzt über meiner Brust zusammenfaltete. Sie hatte sich zwischen mir und der Tür postiert und sprach in einem verblüffend sachlichen Ton:

»Das vor dir ist das Bett«, und berichtigte ihre Äußerung, »unser Bett, das ist etwas schmal, aber es reicht für zwei.«

Dabei schob sie eine Hand durch die Knopfleiste meines Hemdes und streichelte die blanke Haut darunter. Ihre andere Hand glitt tiefer, nestelte am Gürtel, dann an Knöpfen und erreichte bald den Punkt, an dem jene Nervenstränge zusammenlaufen, die das Denken im Gehirn eines Mannes abschalten und das Bestreben auf ein einziges Ziel richten. Sie war sich im Klaren, was sie in Gang gebracht hatte. Die nachfolgende gemeinsame und absehbare Ausgestaltung unseres Nachmittags entzieht sich der eingehenden Schilderung. Ja, und sie hatte recht: Das Bett war klein, aber doch ausreichend.

Es war später Nachmittag, Dämmerung, als ich meine Sachen zusammensuchte, die im ganzen Raum verstreut waren. Dona richtete sich, ihren Scooterladen für den Abend aufzuschließen. Wir schritten gemeinsam vom Wohnwagen in die Richtung des Kassenhäuschens. Sie hatte wieder den Arm um mich gelegt. Es war ihr nicht peinlich, im Gegenteil, Dona legte es darauf an, mit mir gesehen werden.

Der Abschied verlief wie der ganze Nachmittag, liebevoll und mit einem Kuss für unterwegs. Im Weggehen bat ich mir zwei oder drei Tage Bedenkzeit aus, denn ich wusste nicht, mit dem überraschenden Vorschlag umzugehen.

»Denk' nicht zu lange nach, das bringt nichts«, gab sie mir mit auf den Weg, »wir bauen schon nächste Woche ab und ziehen weiter.«

Die Ereignisse des Nachmittags brummten noch in meinem Kopf, als ich am frühen Abend vom Rummelplatz nach Hause fuhr. Ich war durcheinander. Was wollte sie von mir? Und warum erschien mir ihr verblüffender Vorschlag nicht wie eine Zumutung, sondern wie eine Chance, auf die ich schon immer gewartet hatte, ohne es selbst zu wissen? War das der helle Strahl des Schicksals, der mein Leben in eine neue Richtung wenden sollte, oder war das der Köder des Bösen, der Anfang einer langen Schleife in den Untergang?

Meine Gedanken ergaben – wieder einmal – keinen Sinn.

Ein Unfall?

M eine Grübeleien brachen in dem Moment ab, als das Taxi in meine Straße einbog. Vor unserem Haus standen Autos mit Blaulicht. Polizei? Feuerwehr? Daneben sah ich den Notarzt und einen Krankenwagen, an dem die Rettungssanitäter die Türen öffneten, um die Trage herauszunehmen.

Was war geschehen?

Vor dem Eingang des Hauses war eine Gruppe von Menschen zusammengelaufen, und selbst der Betreiber der Trinkhalle gegenüber hatte sein Fernsehgerät aus den Augen gelassen und, mit der Bierflasche in der Hand, die Straße überquert. Es war keine Polizei da, folglich war anzunehmen, dass keine Aktion gegen Harut und Marut ablief, die – wie ich schon lange argwöhnte – in ihrer Wohnung Rauschgift gekocht hatten. Keine Feuerwehr, keine Leitern, demnach auch kein Brand und kein Wasserrohrbruch und niemand, der sich anschickte, mit selbstzerstörerischem Vorsatz vom Dach des Hauses auf die Straße zu springen.

Was bedeutete der Einsatz?

Asrael, der schweigsame Mieter aus der ersten Etage, war im Begriff, zu seinem allnächtlichen Tun aufzubrechen, als es mir gelang, ihn anzusprechen.

»Was ist passiert?« Asrael, der im Treppenhaus nie Zeit hatte, einen Gruß zu erwidern, schien erfreut, zumindest erleichtert, dass ich auf ihn zuging.

»Ach, wissen sie, Herr Schech«, – er kannte meinen Namen – »da ist etwas Schreckliches geschehen. Grässlich«. Zu meinem Erstaunen sprach Asrael nicht mit einem ausländischen Akzent, sondern eigenartig synthetisch und emotionslos, wie eine Maschine.

»Sagen Sie mir bitte, was ist passiert?«

Er holte zu einer Erklärung aus: »In meiner Wohnung über dem Souterrain hörte ich seltsame Geräusche. Das klang, wie wenn ein Gegenstand herunterfällt und zerbricht. Ich nahm zunächst an, dass jemand versuchte, in Moras Wohnung einzubrechen.«

Wir bekamen jetzt einen letzten Blick auf Frau Mora, die zu dem Rettungswagen gebracht wurde. Wir sahen, wie sie leblos und mit trockenem Blut im Gesicht und auf ihrer Kleidung auf der Trage in den Wagen geschoben wurde. Die Sanitäter deckten ein weißes Tuch über ihr Gesicht und verriegelten dann ohne Eile die Türen des Krankenwagens. Das Auto fuhr langsam und ohne Blaulicht weg, kein gutes Zeichen.

Asrael berichtete weiter: »Ich bin sofort runtergegangen und, weil das Fenster offenstand, in die Wohnung eingestiegen. Da sah ich Kiki am Boden, auf einer aufgeschlagenen Zeitung liegend. Das ist mir aufgefallen, da ich diese Zeitung nicht kannte, es waren fremde Schriftzeichen, indisches Devanagari vielleicht; Arabisch oder Farsi hätte ich ja verstanden. Daneben lagen Glasscherben von einer Flasche oder einem Glas. Sie muss gestrauchelt und dann unglücklich hingefallen sein. Ich gehe davon aus, dass sie über den scheußlichen, fetten Kater gestolpert ist, den sie in der Wohnung gefangen hielt. Jedenfalls schleckte die Katze an ihrem Blut, ein grotesker Anblick.«

Ich merkte, Asrael hatte nichts für Katzen übrig.

»Der Notarzt hat gesagt, dass sie durch den Sturz sofort tot war.«

Ich wandte mich ab, denn konnte ihm nicht weiter zuhören und hatte Mühe, mir die Einzelheiten des Unfalls vorzustellen.

Harry, der mich auch heute den letzten Teil meines Weges nach Hause gefahren hatte, war währenddessen aus seinem Taxi gestiegen, um den offenen Fahrpreis von mir zu kassieren. Trotz der Aufregung und der Menschentraube vor dem Haus sah ich, dass sein gelber Hund wieder dazugekommen war. Er saß am dunklen Ende der Straße und jaulte leise und lange vor sich hin. Ein trauriges Heulen. Konnte er den Kater riechen, der auf irgendeinen Baum geflüchtet war? Hatte er Angst? Ich wusste, dass manche Tiere Wesen sehen, die uns Menschen verborgen bleiben.

Konfus von dem Unfall und den stürmischen Ereignissen der letzten Tage stieg ich nach oben, durch das Treppenhaus, das wieder nach Essig roch, in meine Wohnung. Fahrig und unkonzentriert packte ich mein Instrument aus und steckte die Teile zusammen. Es war zu spät, um zu musizieren.

Welch ein Tag, vorgestern das Vorspielen verloren, heute der wilde Nachmittag mit Donatella, und dann die tote Frau Mora im Souterrain, ihr Kater, der verschwunden war und trotz Nachsuche nicht gefunden wurde. Wer kümmert sich jetzt um die arme Katze? Und – immer wieder – Donatellas Einladung: »Ja, komm doch mit!« Was um Himmels willen suchte ich dort? Meine Gedanken waren zerstreut und wechselten zwischen Physik und Donatella. Ich dachte an Frau Mora und ihren Kater, die beiden, die jetzt weg vom Fenster waren.

Schlaf beendete meine verworrenen Überlegungen auf eine sanfte Weise.

Gibt es einen freien Willen?

Etwa eine Woche später.

Donatella war faszinierend und ihre Anziehung wurde nach jedem Besuch und bei jedem Gedanken an sie stärker. Ich stellte mir Dona als idealschwarzen, strahlenden Körper vor, ein Objekt, das in der Dunkelheit hell leuchtet und am Tag alles Licht in sich aufnimmt. Schwarze Strahlung, wie die des alten Herrn Kirchhoff in der Physik.

Aber war das genug, um mein Leben an diesem wichtigen Zeitpunkt entscheidend zu ändern und meine Diplomarbeit einfach liegenzulassen, ja vielleicht meine ganze berufliche Zukunft aufs Spiel zu setzen, die Aussicht auf eine ruhige Stelle im Institut, ein geordnetes bürgerliches Leben?

Vielleicht könnte ich ja nur ein Jahr mitkommen, eine Auszeit von der Physik? Ich hätte mich gerne mit jemandem beraten und gemeinsam die Möglichkeiten und Konsequenzen abgewogen. Ich dachte an Martha.

Mit diesen Gedanken hatte ich mich im Laufe der letzten Nacht, in der ich miserabel geschlafen hatte, entschlossen, zunächst einmal mit Donatella und ihrem Betrieb mitzureisen. Sie hatte mich auf ihre Art wissen lassen, dass sie mich brauchte. Wir würden zusammen im Wohnwagen leben, unsere Zeit gemeinsam verbringen, den Tisch und das schmale Klappbett teilen und ein Stück Zukunft aufbauen. Ich könnte Nützliches tun, die Kasse und den Papierkram erledigen und, wenn genug Zeit war, kochen; keine

Tiefkühlpizza mehr! Nur bei der Technik könnte ich wenig Hilfe in das Geschäft einbringen. Kein Strom.

Obwohl ich meine folgenreiche Entscheidung selbst immer noch nicht richtig begriff und weitere Alternativen erwog, überlegte ich gleichzeitig, welche Kleider ich in die Reisetasche stopfen sollte. Besser den Nass- oder den Elektrorasierer, für den man keine Ersatzklingen, aber Strom braucht? Oh je, Strom!

Mitreisen, ja, aber nur für eine kurze Zeit, ein paar Monate, höchstens einen Sommer lang, gab ich mir selber vor. Zwei Feriensemester waren erlaubt. Nein, unter keinen Umständen wäre das eine endgültige Entscheidung, sondern nur ein vorübergehendes Abenteuer, eine kurze Reise ins Unbekannte, eine Episode, die ein Semester dauern würde. Ich hatte noch andere Ziele. Da war die halb fertige Diplomarbeit, die auf dem Tisch lag, dann die Abschlussprüfung, danach die Suche nach einem Beruf. Sollte ich mehr Bücher einpacken?

Mein trotziger Entschluss stand fest: weg von hier. Ich hatte mit einem Mal genug von dieser Stadt mit ihren hübsch renovierten alten Häusern, mit den grauen Nachkriegsbauten in der Innenstadt, den Straßen mit ihren Kastanienbäumen, genug von den langweiligen Kaufläden, genug von der abscheulichen, kleinkarierten Mittelmäßigkeit und von der vornehmen Arroganz der Dichter-und-Denker-Vorstadt. Es war Zeit, weiterzuziehen, weiter, egal wohin.

Wie weiter?

Für ein paar Tage konnte ich noch in der Stadt bleiben, bevor mich Donatella in ihrem Kirmespalast vermisste. Der nächste Umzug mit dem Tross war schon in einer Woche geplant. Ich brauchte einige Zeit, um Verwaltungskram zu erledigen und mich dann ganz aus der Stadt zu verabschieden. Es konnte mir jetzt nicht schnell genug gehen. Weg hier und weiter mit Donatella.

Zum Einwohnermeldeamt, abmelden: »Herr Schech, sind Sie jetzt obdachlos?«

»Nein, nur ohne festen Wohnsitz«, antwortete ich.

»Nein, das geht so nicht.«

»Warum?«

»Weil das so ist. Bei Personen, die keinen Wohnsitz angeben können, wird der Gerichtsstand durch den Aufenthaltsort oder den letzten bekannten Wohnsitz bestimmt. Verstehen sie das?«

»Ja, ich glaube schon.«

»Wir behalten Sie dann also weiter im Melderegister, ja?«

»Warum?«

»Ihr tatsächlicher Wohnsitz ist ja nicht Ihre Wohnung, das wäre ja im Prinzip jeder umschlossene Raum, der zum Wohnen oder Schlafen benutzt wird.«

»Mir egal, machen Sie einfach ...« Es war für mich nicht erträglich, diesem Stuss weiter zuzuhören.

Dann zur Uni. Ein ernüchternder Weg.

»Mal ganz ehrlich, Herr S., glauben Sie wirklich, dass Sie Ihre Diplomarbeit noch rechtzeitig abliefern können?«

»Ja, klar«, log ich.

»Wie weit sind Sie inzwischen damit? Wollen wir Ihren Forschungsansatz noch einmal gemeinsam besprechen?«

»Ja, gerne, aber bitte nicht heute.«

Die Unterredung entwickelte sich nicht in meinem Sinn. Danach ein letzter Kaffee mit den wenigen Kommilitonen, die so früh am Tag im Institut waren.

Dann der Gang zur Wohnungsverwaltung. »Die Wohnung ist leer und besenrein, ich möchte bitte die Kaution zurück – jetzt!«

Der Besuch lief ohne große Fragen ab. »Wir schicken dann jemand zur Endabnahme«, sagten sie, als ich die Schlüssel zu der leeren Dachwohnung auf den Tisch legte.

»Meinetwegen!«

Versicherung. Warten. Nummer aus dem Automaten ziehen. Warten.

Endlich. »Die Sachbearbeiterin für die Anfangsbuchstaben S bis T erwartet Sie jetzt am Schalter Nummer acht.«

Auch hier ist alles unkompliziert:

»Wir buchen dann nur den Mindestbeitrag ab …«, und »haben Sie noch andere Fragen?«

Ihr goldiges Lächeln kontrastierte mit der trockenen Versicherungssprache.

»Haben Sie in der Mittagspause Zeit für einen Cappuccino mit mir?« Nein, ich fragte die S-bis-T-Dame besser nicht.

Mein letzter Weg führte mich zur Bank, und dort stellte die Frau, die über alle Konten und Kunden herrschte, glasharte Fragen:

»Herr Schech, haben Sie denn überhaupt noch ein festes Einkommen?«

Keine freundlichen Worte.

»Wir werden Ihre Kreditkarte einstweilen sperren« Die Schalterfrau mit der unvorteilhaften Brille legte noch eins drauf: »Das müssen Sie doch verstehen, dass wir so arbeiten und uns schützen müssen, oder?«

Ich stellte mir vor, wie die zynische Frau abends alleine in ihrer Wohnung giftigen Schlangen die Köpfe abbiss, und musste bei diesem Gedanken verstohlen lächeln. Auch das verstand die Brillenfrau falsch.

Nach dreieinhalb Tagen war das Aussteigerprotokoll abgearbeitet; ich hatte Schluss gemacht mit der Stadt und vielleicht auch mit dem Leben, das ich bislang geführt hatte. Dabei erledigte ich alle Angelegenheiten und Behördenbesuche mit einer gewissen inneren Distanz und Kuriosität, ja sogar mit einer klammheimlichen Freude und Leichtigkeit. Die Pflichten, Bindungen und Notwendigkeiten des Alltagslebens lösten sich eine nach der anderen auf. *No more strings attached*. Wie ein Schiff im Hafen, das die Leinen vor der großen Reise losmacht. *Nothing left to lose*. Ist das das Gefühl der Freiheit, von dem sie in dicken Büchern schreiben und in schweren Balladen singen?

Die meisten meiner Habseligkeiten, Bücher, Noten, elektronisches Kleinzeug und ein paar Kleider lagen jetzt in Kartons zum Einlagern bereit. Das wenige bewegliche Mobiliar, der Tisch, an dem ich jeden Morgen mein Frühstück genossen und dabei zur Unterhaltung die Straße beobachtet hatte, Regale, mein

Arbeitstisch, ein Teppich und der Schaukelstuhl vom Flohmarkt, alles hatte ich verkauft oder verschenkt. Den Kühlschrank wollte der dicke Mann vom Bierbüdchen gegenüber abholen. Kleidung, ein paar Hosen, eine Jacke, Wäsche, alles lag in der Reisetasche zum Mitnehmen bereit. Daneben der Koffer mit dem Saxofon, ein Schächtelchen mit neuen Blättchen für das Mundstück; Vorrat für ein ganzes Jahr. Oben in die Tasche legte ich das Manuskript meiner angefangenen Diplomarbeit, darunter ein Packen fotokopierter Artikel, die ich noch durcharbeiten wollte. Wenn es die Arbeit – und Donatella – zuließen, könnte ich unterwegs daran arbeiten, weiterschreiben und den ersten Abgabetermin schaffen.

Da ich nie Post erwartete und der Briefkasten immer von Werbung verstopft war, hatte ich mein Fach wochenlang nicht mehr ausgeleert. Jetzt, beim Ausräumen, fand ich einen Zettel mit einer merkwürdigen handgeschriebenen, aber kaum lesbaren Botschaft von Martha. Ich verstand die Nachricht nicht. Worte und Zeichen ohne Zusammenhang, kein Datum, kein Umschlag, eine karierte Seite, in Eile herausgerissen aus einem Notizbuch. Ein Hilferuf? Wo war sie jetzt? Sollte ich mich doch noch von Martha verabschieden? Ich verwarf den Gedanken. Wir hatten uns früher gut gekannt. Heute lag das weit im Nebel der Vergangenheit. Die Zeit war weitergegangen.

Ganz unten, zwischen Werbeprospekten, fand ich noch einen Brief, ein bunter *Air-Mail*-Umschlag aus Indien mit farbenfrohen Briefmarken, abgeschickt in Bangalore von einem mir nicht vertrauten *Institute of*

Science und adressiert an einen ›Mister Scheck‹; ein Schreibfehler im Adressfeld. Der Absender war mir unbekannt und niemand den ich je angeschrieben hatte. Weg damit! Auf dem Weg nach oben warf ich den Brief ungelesen in die Mülltonne hinten im Hof.

Ich hatte nicht die Absicht, mich von den Leuten im Haus zu verabschieden, nicht bei Harut, Marut und schon gar nicht bei Azazil oder dem wortkargen Asrael. Wir kannten uns nur flüchtig und ich ging davon aus, dass es ihnen ebenfalls gleichgültig sei, wer da in der Dachwohnung über ihnen lebte oder ob die Wohnung für einige Wochen leer stünde. Doch mein Abgang gelang nicht so diskret, wie ich es mir vorgenommen hatte. Bei meinem letzten Weg mit der Reisetasche durch das Treppenhaus begegnete ich Harut und Marut, die ihrerseits schweres Gepäck über die Stufen schleppten. Es kam zum Gespräch, denn die Griffschlaufe an ihrer Tasche war abgerissen und ich konnte nicht umhin, ihnen meine Hilfe anzubieten. Als wir gemeinsam ihre Päckchen und Schachteln weiter nach oben getragen hatten, war es mir nicht mehr möglich, ihre freundliche Geste auszuschlagen, doch bitte in ihre Wohnung einzutreten und dort einen Moment zu verweilen. Vermutlich hatten sie in den letzten Tagen doch bemerkt, dass ich einen Umzug vorbereitete.

Jetzt konnte ich einen Blick in die Wohnung werfen, in der – in meiner Fantasie – seltsame Dinge zugingen. Mein Blick fiel in die Küche, in der Harut sich anstellte, Tee zu kochen, in der aber nichts Außergewöhnliches zu sehen war.

»Kommen Sie, setzen Sie sich zu uns. Wir werden uns ja jetzt lange nicht mehr sehen. Wohin ziehen Sie um?«

Der Ton und Verlauf der Konversation ließ sowohl Gastfreundschaft als auch Neugier spüren. Harut und Marut erzählten, dass sie an den Abenden oft meine Musik gehört hatten.

»Das hat uns an unsere Heimat erinnert, so schön und gleichzeitig so traurig«, sagte Harut, der Gesprächigere der beiden. »Wir hören auch gern Musik.«

Ich erfahre, dass die Brüder (ja, es sind tatsächlich Brüder) früher bei einer großen Firma *Sound-clips* für Computerspiele und erbauliche Apps entwickelt hatten. Sie wurden dann ›dort oben‹ – wie sie es nannten – entlassen, gefeuert, rausgeworfen. Einzelheiten unbekannt. Ihre Arbeiten seien zu gestrig, zu altmodisch, warf man ihnen vor. Sie sollten besser selbstständig arbeiten, riet man ihnen.

»Keine arme Seele will mehr Orgelmusik oder gregorianische Gesänge hören«, hatte man ihnen im Entlassungsgespräch vorgeworfen, was die beiden dermaßen geärgert hatte, dass sie mir ihre Geschichte gleich zweimal und in allen Einzelheiten erzählten.

Was ich mir unter erbaulichen Apps vorstellen solle, wollte ich wissen.

»Wir erledigen Auftragsarbeit, egal für wen. Meist sind unsere Kunden Glaubensgemeinschaften. Damit haben wir Erfahrung.« Harut nickte und Marut erklärte weiter: »Wir haben *Soundclips* aus allen möglichen Kulturkreisen, asiatisch, arabisch, indisch, afrikanische Trommeln und viel mehr, sogar das Gemaunze von Moras fettem Kater. Wir bringen Ton und Bild mit der Aussage des Auftraggebers zusammen und verpacken das je nach Wunsch als App oder Webseite. Alles ganz einfach. Allen unseren Klienten ist gemeinsam, dass sie es auf Spenden abgesehen haben oder auf verdeckte *in-App*-Käufe, um Geld einzusammeln. Alle zielen auf den Mammon ab. Dabei macht das Programmieren für das Geldzeug uns die meiste Arbeit. Die sogenannte spirituelle Seite ist blitzeinfach, die läuft immer nach dem gleichen Schema ab, eine Prise Emotionen, zehn Sekunden Musik, die die Seele berührt und, schwupps, schon läuft das Geld, das hat man gleich drauf.«

Harut ergänzte: »Wenn man die Gefühle geschickt anspricht, dann läuft das mit den Spenden auch gut.« Ich dachte an Donatella und den Jahrmarktrummel. Es bedarf nur des Geruches von gebrannten Mandeln und Zuckerwatte, dazu die richtige Musik, bunt blinkende Lichter und schon – »Huuiiihhh – aaahhh, hier geht was ab«, klingelt es in der Kasse, Zweck erfüllt.

Die kleinen Tassen, aus denen wir den gezuckerten Tee getrunken hatten, waren leer und der Fluss der Unterhaltung stockte. Ich war froh, jetzt zu wissen, dass die zwei in ihrer Wohnung keine Drogen herstellten, sondern einer normalen Arbeit nachgingen. Was ist schon normal? Es war Zeit, mich zu verabschieden.

Anfang im Kirmesbetrieb

Wie es sich gehörte, stellte Donatella den Neuen, also mich, bei den Kollegen und den mitreisenden Platznachbarn vor. Wer war er, wo kam er her und – am wichtigsten – was kann er? Das Können wird nach dem Gesichtspunkt beurteilt, ob der Neue ein hilfreiches Talent mitbrächte oder als Konkurrent den Wirkungsbereich eines anderen stören könnte. Ein schmaler Grat.

Am frühen Morgen des nächsten Tages begleitete Dona mich von Wagen zu Wagen, um mich bei ihren Kollegen einzuführen. Wir klopften an Türen, wir wurden hereingebeten, tranken Tee oder miserablen Instantkaffee und mampften trockene Plätzchen aus alten Keksdosen. Manche der Kirmesbetreiber waren froh, dass einer mehr bei ihnen arbeitete, denn überall fehlten fleißige Hände, willige Arbeitskräfte. Anderen war es rundum egal, wer da neu kam oder was ich vorher in meinem Leben getrieben hatte, bevor ich in den Mikrokosmos der Schausteller hineinschneite. Wir vermieden es, darüber zu sprechen, dass ich Student der theoretischen Physik im Abschlusssemester war und mich mit dem akademischen Titel eines *Candidatus Rerum Naturalium* (Potzblitz!) schmücken durfte. Wir wollten die Platzkollegen nicht verschrecken und keine peinlichen Fragen provozieren wie etwa:

»Kann der Physiker wenigstens Starkstrom anschließen?«

Niemand merkte sich meinen Namen, obwohl ich ihn bei jedem Eintreten bewusst langsam und deut-

lich aussprach: »K a s p a r, wie das Kasperle im Pup-
pentheater.« Doch Namen waren ihnen gleichgültig.

Es zeigte sich nach einigen Besuchen in der Nachbarschaft, der Eintritt in die Welt der reisenden Jahr-
marktunternehmer war bei Weitem nicht umstands-
los. Ich hatte mir den Anfang reibungsloser vorgestellt. Die Schwierigkeiten traten gerade in den Ge-
bieten auf, in denen ich es nicht erwartet hatte. Den
Nachbarn auf dem Platz war es einerlei, wer mit Donatella in ihrem Scooterladen arbeitete und in ihrem
Wagen schlief. Sie hatten genug mit ihren eigenen Betrieben zu schaffen. Bei aller vermeintlichen Gemeinsamkeit wurstelte jeder alleine vor sich hin. Was sie
zusammenhielt und was sie an mir bemäkelten, war
eine Lebensgeschichte, die mich mit ihnen, dem fahrenden Volk, wie sie sich nannten, verband.

Wichtig für meine neue Arbeit war eine Sachkun-
deprüfung, »im Sinne von Paragraf 34 der Gewerbe-
ordnung«, wie der Mann von der Handelskammer
todernst referierte. Es ginge um den sachgerechten
»Umgang mit Menschen, (sollte das nicht besser
»menschengerecht« heißen?, fragte ich mich selbst),
insbesondere das Verhalten in Gefahrensituationen
und Deeskalationstechniken in Konfliktsituationen«
und die »Grundzüge der Sicherheitstechnik«, (»keinesfalls in den Starkstromkasten pinkeln!«). Die
schriftliche Prüfung meines Kirmes-spezifischen
Sachwissens, in der ich der einzige Kandidat war,
dauerte über zwei Stunden und kostete wesentlich
mehr Geld, als wir erwartet hatten. Im Gegenzug bekam ich nach einigen Tagen eine bunte Urkunde mit
allerlei Unterschriften, die in der Dienststelle der

Handelskammer zur Abholung bereitlag. Viele weitere Papiere, uninteressante Bescheinigungen, mussten beschafft werden: Formulare, Anmeldungen, Versicherungen, Steuer; eine lange Reihe von Verwaltungsakten.

Es gab beim Rummel nach jedem neuen Aufbau eine Morgensprache, die allmorgendliche Unterredung, bei der die Betreiber der einzelnen Buden sich nach einem Gebet geschäftlich absprachen. Auch bei jedem Umzug in eine neue Stadt befolgten die Schausteller ihre Riten: Bevor wir die erste Bude aufbauten, rezitierten die Alten am Platz fremdartige Zaubersprüche, die wie Gebete klangen, und warfen eine Handvoll Reis, Getreide oder Sägespäne auf die Ladung des ersten Lastwagens auf dem neuen Standplatz. Ich sah einmal, wie sie eng im Kreis zusammenstanden und ein weißes Pulver über der Glut einiger Zigarettenkippen im Aschenbecher verstreuten. Rauch stieg auf, und für einen Moment war ein aromatischer Duft zu riechen, der mich entfernt an Marthas Aromautensilien und die Kerzen in ihrer Dachbude erinnerte.

Als Neuling war ich von den geheimnisvollen Riten des fahrenden Volks ausgeschlossen. Ich gehörte nicht zu dem inneren Kreis der Wissenden. Egal. Ich glaubte sowieso nicht an Hokuspokus und Abrakadabra und das Brauchtum der Zigeuner und Jenischen. In meiner himmelsgleich geordneten Welt der Physik gab es keinen Platz für solches metaphysisches Getue, nur Ursache und Wirkung und klare Gesetzmäßigkeiten.

Nachbarn sind keine Freunde, sondern Kollegen. Es war frisch und es nieselte seit vier Tagen aus einer dicken, grauen Wolkendecke und ich bummelte, bevor die ersten Besucher kamen, über den Platz. Ich wollte die Nachbarschaft kennenlernen. Mich trieb die Hoffnung, nach den etwas kühlen Vorstellungsbesuchen einen besseren Eindruck zu hinterlassen, als nur mit ›der Neue von Donatella‹ oder als ›der Einstein am Autoscooter‹ angesprochen zu werden.

Donatella gefiel es gar nicht, dass ich alleine wegging, hier ein Gespräch anfing, dort einen Gruß zurief. Mit der drallen Blondine beim Popcorn schien sie in Feindschaft zu liegen, eine erbitterte Frauenfeindschaft. Noch unwissend, blieb ich eine gute Viertelstunde beim Popcorn stehen. Dona konnte aus dem Kassenhäuschen zusehen, wie wir angeregt schwatzten. Sie muss gesehen haben, wie meine Finger im Verlauf der Plauderei – der freundlichen Aufforderung der Blondine folgend – mehrmals in die Popcornmaschine (Marke ›Princess‹) grapschten, um jeweils eine Handvoll des warmen, weißen Zeugs herauszuholen, zu knabbern und wie ich mir danach die salzigen Finger abschleckte. Als ich es dann wagte, eine prallvolle Tüte mit Popcorn in unseren Wohnwagen mitzubringen, konnte Donatella ihre schlechte Laune nicht mehr beherrschen. Sie nahm die Packung vom Tisch und leerte den Inhalt auf den nassen Boden vor der Tür.

»So, das sollte reichen«, sagte sie, und: »ich hoffe, du verstehst mich jetzt besser.« Ihre Augen warfen Blicke wie tödliche Dolche.

Die Buden mit Essen, Snacks und Süßigkeiten stehen immer nahe am Eingang zum Festplatz, auf beiden Seiten des Vergnügungsboulevards. Auf diese Weise können die Besucher sich gleich am Anfang mittels Geschmack und Geruch auf die Jahrmarktstimmung einpendeln.

Eine zentrale Rolle auf dem Rummel fiel unserem Autoscooter zu. Die Schausteller waren übereingekommen, dass die Musik vom Scooter – immer in der Mitte des Festplatzes – weit über den Jahrmarkt schallen durfte und so den kollektiven Herzschlag aller Betriebe bildete.

Weiter hinten, zum Ende des Platzes hin, standen mehr Snackbuden. Das waren Neue, die in der Hierarchie des Platzes noch nicht weit genug aufgestiegen waren, um einen der einträglichen Stellplätze am Eingang oder in der Mitte beim Autoscooter zu bekommen. Hinten am Platz war der Umsatz geringer und die Kirmesgäste hatten einen guten Teil ihres Amüsiergeldes ausgegeben, wenn sie in den rückseitigen Bereich vorstießen. Zudem war die unmittelbare Nachbarschaft der Imbissbuden zu den Toilettenwägelchen für das Geschäft mit Schaschlikspießen, Pizzaschnitten aus der Gefriertruhe oder mit fetter Bratwurst nicht förderlich. Sechs wacklige Klapptische mit Plastikstühlen sollten zum Verweilen und Genießen einladen, waren aber selten besetzt, was daran lag, dass während des ganzen Tages niemand die Tische abwischte und das leere Pappgeschirr anderer Besucher in den Mülleimer trug.

Unter denen, die versuchten, sich dort eine Existenz aufzubauen oder zumindest ein Einkommen zu erwirtschaften, das zum Leben reichte, waren ein Vietnamese und ein ruppiger Mann aus Thüringen. Der Vietnamese warb mit einem Spanntuch über seinem Stand für asiatische Spezialitäten. Das Angebot war bescheiden, heiß und fettig: gebratene Nudeln, gebratener Reis, frittierte Champignons, Fleischbällchen in einem dünnen Teigmantel. Alles, was er zum Genuss anbot, war anfänglich gefroren und triefte von Bratfett, wenn es vorgesetzt wurde. Der Asiate schob den Fraß in einer offenen Pappschachtel über den Tresen und reichte dazu Essstäbchen aus Bambusabfall. Einzig die Stäbchen und die bereitstehende Sojasoße zum Würzen gaben dem Stand eine asiatische Anmutung. Der Geruch von altem Frittierfett war abstoßend, wurde aber, so wie der Mief aus den Toiletten, schnell vom Wind verweht.

Der Thüringer daneben verkaufte Bratwurst mit Brötchen oder verkleidete, wenn von der Kundschaft gewünscht, seine Würstchen als Currywurst in einer Pappschale mit rot-gelber Pampe. Er hatte keine Sojasoße, sondern scharfen Senf in einem großen Bunzlauer Steintopf, in dem ein langer Löffel steckte, und Tomatenketchup in Plastikflaschen, das sich die Kunden über ihre Wurst kleckern oder spritzen durften.

»Bitte nicht zu viel davon«, sagte er zu jedem Kunden. Niemand erkannte am Dialekt, dass der Bratwurstmann aus Thüringen kam. Man verortete ihn nach Sachsen oder allgemeiner in den Osten der Republik. Was jeder Kunde rasch erfasste, war der Hass, den der Wurstmann in sich trug und den er in kleinen, ätzend-scharfen Portionen an alle verteilte, die den Fehler machten, zu lange an seinem Grillstand zu verweilen oder gar seinem Schimpf Gehör zu schenken. Er wetterte gegen alles und jedes, fand an allem, was ihm in den Sinn kam, etwas zu mäkeln. Er meckerte über seinen zugewiesenen Standplatz, kommentierte mit zynischer Sprache seine wenige Kundschaft und nörgelte über das Wetter. Vor allen Dingen störte ihn der Vietnamese nebenan. Er vertrat laut vernehmlich die Ansicht, dass der Fremde kein Recht hätte, hier zu sein, schlimmer noch, kein Recht, ein Geschäft mit undeutschem Essen zu betreiben. Eine Form von Futterneid. Er glaubte, dass der Ausländer einen Teil des Umsatzes einnahm, der eigentlich ihm zustünde. Die Leute sollten wie früher Wurst essen und nicht das fette ausländische Brat-Zeug. Kurzum, er konnte seinen Geschäftsnachbarn nicht ausstehen und fand täglich neue Vorwände, seinen Kollegen zu nerven.

Ich unterbrach meinen Rundgang am Bratwurststand und hätte mir gerne eine Wurst zum Frühstück gekauft – Dona hatte wieder einmal nichts eingekauft – aber der polemische Redefluss des Thüringers und sein gehässiges Herummaulen überstieg alles, was ich an diesem Morgen ertragen konnte. Im Weggehen hörte ich, wie der Ossi auch mich jetzt in seine Hassreden einschloss. Er mochte mich, den Neuen, nicht, nur weil ich neu war. Er mochte niemanden. Nein, ich drehte mich nicht mehr um und ließ es bleiben, den Mittelfinger meiner linken Hand in die Richtung des Bratwurstgeruches zu strecken. Genau genommen waren wir eigentlich Kollegen.

Donatellas mobiles Fahrgeschäft, das anfangs so groß und erschreckend komplex ausgesehen hatte, konnte ganz einfach hydraulisch auf- oder zugeklappt und auf drei Lastwagen verladen werden. Der Mittelteil mit dem Kassenhäuschen war auf einem Aufleger montiert und brauchte nur ausgepackt und an die Kabel angeschlossen werden. Der vollständige Aufbau dauerte mit zwei oder drei Helfern, wenn es nicht regnete, allenfalls zwei Tage. Der Abbau und das Verladen verliefen schneller. Viel Zeit verging mit dem Entwirren und Aufhängen der Lampengirlanden.

Von großer Bedeutung war, wie ich inzwischen wusste, der Stromanschluss, denn der führte über einen Schaltschrank und Transformator und von da an das Gitter an der Decke der Arena, in der die lustigen Autos im Kreis herumfahren. Wir brauchten daher bei jedem Umzug immer noch die Hilfe eines sachkundigen Handlangers, der unseren Marktstand mit der Hauptleitung zusammenschalten konnte. Das Gitter an der Decke, das die Autos mit Fahrstrom versorgte, musste gut gesichert sein, damit keiner der jugendlichen Besucher versehentlich oder aus fataler Absicht einen lebensgefährlichen Stromschlag bekam. Genauso unerlässlich war die sichere Technik der kleinen Autos, mit denen die Jungs ihre Freundinnen im Kreis herumfuhren. Neben allem anderen waren die Lichter und die Musik von grundlegender Bedeutung, denn ohne Strom, ohne die blinkende Lampen und ohne den richtigen akustische Hintergrund war der Scooterbetrieb nur ein armseliger Haufen von Kisten und Anhängern und lange noch kein Fahrgeschäft, in dem sich Leute amüsieren und für den Spaß auch noch Geld bezahlen wollten. Erst wenn die Elektrizität korrekt durch die dicken Kabel floss, war unser Betrieb ein Palast, hell und prächtig, genau in der Mitte des Kirmesgeländes und Donatella die Königin in der Mitte ihres Staates.

An normalen Tagen betrieben wir unser elektrisches Autodrom zu zweien. Nur zum Ab- und Aufbau und beim Verladen suchten wir extra Kräfte, was keine sonderlichen Schwierigkeiten verursachte. Die Schausteller hatten sich schon lange zusammengefunden, um die Arbeitskräfte für den Umzug gemeinsam zu organisieren, mit dem Vorteil, dass sie nicht gegenseitig um den besten Arbeitslohn konkurrierten.

Ein alter, dicker Mann von der Schiffschaukel, der sonst kaum zu gebrauchen war, organisierte die Helfer. Das fiel ihm nicht schwer. Man scherzte heimlich in seiner Abwesenheit, dass er Verbindungen zur Mafia, zur Unterwelt oder zu maghrebinischen Menschenhändlern hätte. Andere vertraten die Ansicht, er habe den Zweck seines Lebens als Politiker verfehlt. Der Dicke schaffte es, in jeder Stadt, in der wir aufbauten, ein oder zwei Dutzend arbeitswilliger Männer aufzutreiben, die am Abend des Tages und mit barem Geld auf die Hand entlohnt wurden. Einmal brachte er eine Gruppe schwarzer Männer afrikanischer Herkunft mit, die alle nur französisch sprachen. Ein andermal hatte er vormittags vor der Justizvollzugsanstalt der Stadt gewartet und die frisch entlassenen Knackis abgepasst und mit der Aussicht auf schnell verdientes, bares Geld und eine warme Mahlzeit aufgesammelt. Mit dem Traktoranhänger karrte er die Arbeitswilligen zum Platz, wo sie aufmerksam ihre Anweisungen empfingen und sofort beflissen mit der Arbeit begannen. Der »Dicke von der Schiffschaukel« war geschickt und trieb in jeder Stadt genug Arbeiter auf. Es gelang ihm immer, sie so anzuweisen, dass sie nie stritten, die aufgetragene Arbeit artig verrichteten und am Ende sogar mit der knappen Bezahlung zufrieden waren (oder wenigstens nicht murrten) und nachher, wenn alles fertig auf die Wagen geladen oder aufgebaut war, ohne Zank und Zores vom Platz verschwanden, ohne Werkzeug zu stibitzen oder sich im Weggehen am Angebot der Fressbuden zu vergreifen.

Auch Donatella konnte mit Leuten umgehen, sie anleiten und zu Arbeiten anstiften, die sie vorher gar nicht erledigen wollten – ich war wohl auch ein Beispiel dazu. Es gefiel ihr, zu dominieren, Macht auszuüben, zu bändigen. Sie war im Schaustellergewerbe aufgewachsen und dort zu Hause. Sie war geschickt darin, die Kasse zu führen, bunte Schaltknöpfe zu drücken, um die Wagen und Wippen in Bewegung zu setzen und die Einladung für die nächste Fahrt am Lautsprechersystem hinauszuplärren. Aber was sie tat, das tat sie gut. Sie hatte den animalischen Lebenswillen einer Katze, die, nachdem die Müllabfuhr alle Reste vom Schnellimbiss weggebracht hatte, trotzdem noch einen Fischkopf erschnuppern konnte.

Dona und ich teilten uns die Arbeit. Meine Aufgabe war es, die Musik auszuwählen, und sie unterbrach die Songs mit Ansagen, Rufen und Einladungen, die die Stimmung hoben und mehr Besucher anlockten.

»Hier, Leute kommt her! Hier ist was los«, war ihre Kernaussage.

Genau wie sie mich vor Wochen abends angelockt hatte, konnte sie die ziellos flanierende Gruppen an das Kassenhäuschen heranrufen. Ihre belegte Altstimme passte hervorragend zu der Rolle des *Rekommandeurs*, des Kirmesschreiers oder *barkers*. Sie lockte und animierte soft und einladend. Später am Tag, wenn der Laden proppenvoll war, warb sie mit kräftigen Worten für heiße Discoatmosphäre und gegen Mitternacht mit sanftem Geschwätz zum harmlosen Abhängen. Sie besaß das richtige Gespür und hatte den richtigen Schnack auf der Zunge, um die Volksfestbesucher, die gerade noch ziellos herumgelaufen waren, zu einer Scooterfahrt zu verleiten. Es war ein großer Vorteil für alle Schausteller, dass auf dem ganzen Platz kein Schnaps und kein Bier verkauft wurde. Daher brauchte ich mich nicht um Besoffene kümmern, die in die Wagen gekotzt hatten, weil ihnen von im-Kreis-Fahren nach Zuckerwatte und Thüringer Bratwurst speiübel geworden war.

»Es ist wieder so weit, gez alle ma' herhörn!«, und dann lauter, »wir machen anständig Schwung, ab hier die Kiste«, und nach abgelaufener Fahrzeit immer wieder »Endstatiooon, un' gez beginnt 'ne neue Runde ...«, dazwischen »huuiiihhh – aaahhh«, und nochmal, »hier geht noch was, ein bisschen was geht immer.«

Das sinnlose Geplapper und Gekreische zerrte manchmal schon an meinen Nerven.

»Volle Granate, Renate!«, oder »Jetzt oder nie, Feuer frei, Baby, wir legen los!«

»Gehts noch?«

An manchen Abenden konnte ich ihre leeren Sprüche nicht mehr ausstehen, an besseren Tagen gelang es mir, sie nicht zu hören, vergleichbar mit Menschen, die an einem Flugplatz wohnen und den Lärm der startenden Reisejets nicht mehr bewusst wahrnehmen. Anfangs hatte ich sie bewundert, wie sie immer genau den richtigen Ton fand, den richtigen Rhythmus der Worte, um exakt die Stimmung hinauszusingen, die die Besucher anlockte, wie ein Pflaumenkuchen im Spätsommer die Wespen anzieht. Erwähnenswert ist, wie Dona den einladenden Singsang mit ihrem Ruhrgebietsakzent mischte und in das Mikrofon skandierte. Es passte einfach.

Die Auswahl und Abfolge der Musik war meine Sache, ich war der Kirmes-DJ. Ich lernte viel. Nicht jede Musik passt mit jeder Zeit zusammen. Die besten Songs, die dem Betrieb entsprachen, klangen rhythmisch-dynamisch und fetzig; nur keine langsamen Sachen, bei denen in der Disco die Lichter heruntergeregelt werden, um den Tanzenden einen intimen Moment zu schenken, während sie eng aneinandergeschmiegt über die Tanzfläche schlurften. Nein, hier tanzte niemand, der Betrieb lief ständig, und er sollte schnell laufen. Nur nicht nachdenken, immer weiter im Kreis herumfahren, *it's fun!* Die Songs zum Scooterfahren durften gerne alt sein, Oldies von vor zehn oder zwanzig Jahren, egal, Hauptsache flott und heiter. Auch die Kids empfinden Nostalgie, nur anders, denn sie wissen noch nicht, was diese Gemütslage bedeutet; Sehnsucht, Verlangen, Weltschmerz – weiter im Kreis, immer gegen den Uhrzeigersinn, *it's fun!* Nur jetzt nicht nachdenken, *enjoy the moment*, Achtsamkeit, aber ganz anders.

Dona dazu: »Huuiiihhh – aaahhh« und wieder: »Hier geht noch was, hier geht immer was.«

Die Kundschaft auf dem Kirmesplatz war immer gleichartig, ganz egal in welchen Regionen oder Städten wir gastierten. Erst kamen die Kinder nach der Schule, die mit ein paar Münzen stundenlang an der Wurfbude standen, aber selten mit dem Riesenrad fuhren oder mit der Schiffschaukel schwangen, denn die Preise für die großen Vergnügungen lagen für Schüler zu hoch. Die anderen, die, die es sich hätten leisten können, gehorchten am Nachmittag anderen Pflichten wie Reitstunden, Cellounterricht oder einem Termin beim Kieferorthopäden. Die meisten Vergnügungssuchenden kamen später am Nachmittag, die Jungen mit ihren Freunden oder Freundinnen und die Großen später, nach Geschäfts- und Büroschluss in der Stadt. Die Zeit nach der Dämmerung passt besser zu Popcorn und Lebkuchen (»Wieso kaufst du mir nie ein Herz?«) und bunt beleuchteten Schaukeln und Karussells als grelles Sonnenlicht oder kalter Wind, der das Herbstlaub durch die Budengassen treibt. Dunkelheit ist besser. Im Dunkel sieht man nur, was man sehen will, alles andere bleibt unbeachtet, von der Dunkelheit verdeckt, wie Donatellas Autopalast bei meinem ersten Besuch.

Nach Einbruch der Dunkelheit bestand die Masse der Besucher aus Jugendlichen. Sie rückten in zügellosen Haufen männlicher Heranwachsender an oder als manierliche Grüppchen kichernder Mädchen. Andere kamen, Hand in Hand, Pärchen steif, oft scheu und schweigsam nebeneinander. Dona behauptete, sehen zu können, wie lange sich die Paare kannten und ob sie bis zu ihrer Goldenen Hochzeit zusammenblieben oder ob sie sich bald wieder trennen würden.

Bei den Jugendlichen waren es die Burschen, die das Geld einbrachten. Um ihrer Freundin zu imponieren, verprassten sie, ohne einen Augenblick zu zögern, ihren letzten Schein, ihre letzten Münzen in der Tasche oder das allerletzte Guthaben auf der Plastikkarte. Man konnte hier die Verhaltensmuster des Steinzeitmannes beobachten, der seiner Partnerin zeigt, dass er genug von allem hat: genug Nahrung, genug Geld, Sex und eine warme Höhle, alles, was in der Zukunft und zum Überleben wichtig ist – oder das Geschick, ein kleines Elektroauto lässig mit einer Hand durch das Verkehrsgewusel zu steuern. Genau aus diesem Grund war es für uns geschäftswichtig, die junge Schar bei Laune zu halten. Wer Spaß hat, gibt gerne Geld aus, so ist das Leben. Nur nicht nicht nachdenken. Nicht jetzt.

»Hier geht noch was – huuuiiiihhh!«

Egal wie das Wetter sich entwickelte, an jedem Tag war der Rummel für die jungen Paare die geeignete Gelegenheit, um gemeinsam herumzustreifen, einträchtig gebrannte Mandeln aus der Papiertüte zu naschen oder sich gegenseitig beim Füttern mit Zuckerwatte das Gesicht zu verkleben und dann mit feuchten Wischtüchlein zu reinigen. Später, im Karussell oder in einer der anderen rotierenden Glücksmaschinen, hielten sie die Hand ihrer Freundin oder legten, wie zum Schutz gegen eine imaginäre Gefahr, den Arm um sie. Der Rummelplatz war für das Jungvolk ein Besuch, den man entweder bis weit in den Abend ausdehnen oder aber nach einem kurzen Überblick und Rundgang abbrechen konnte.

»Schatz, wollen wir nicht lieber woanders hingehen? Du hast doch in Wahrheit gar keine Freude an so was, oder?«, einer der gängigen Wortwechsel, oder aber »Letzte Runde, eine geht noch, wir geben jetzt nochmal richtig Gas! Finale!«, Donatella hatte immer das letzte Wort.

Wir waren ein ungleiches Paar, das zusammen nach einer Zukunft suchte. Dona sah die Zukunft als eine unendliche Sammlung von Möglichkeiten. Meine ungeschickte Arbeit im Betrieb war ihr nützlich, meine Gesellschaft angenehm, obwohl sie meine Fertigkeiten (der Mann ohne Strom) bei vielen Gelegenheiten bekrittelte. Wir blieben beieinander, reisten gemeinsam, aßen miteinander gefrorene Fertigsachen aus dem Kühlschrank und schliefen zusammen.

Ich fand sie in einer unerklärbaren Art anziehend und fesselnd. Ihre Gestalt hatte einen Glanz, der alle anderen Frauen überstrahlte. Ich sah, wie ein übernatürlicher Schimmer, der während des Tages nicht zu bemerken war, nach Sonnenuntergang und mit dem Einbruch der Dunkelheit stärker strahlte. Es war ihr ›angeregter Energiezustand‹, in dem sie Funken sprühte und den Übergang zur Ruhe durch Abgabe von Energiepaketen in Form von Liebesportionen markierte.

Erst später erfuhr ich, dass Donatella nahe an ihren Augenwinkeln winzige Diamanten unter der Haut hatte implantieren lassen. Ein alter Schamanentrick, der sie unwiderstehlich machte. Jeder musste sie mögen und kein Mensch konnte ihr einen Wunsch abschlagen. Wilde Tiere ordneten sich ihr unter. Solche Diamanten waren bei dem reisenden Volk gang und gäbe. Aber man warnte, dass die Edelsteine einen Pakt mit den dunklen Mächten darstellten. Der Mensch, die Frau, der sie trägt, kann damit nicht in Frieden sterben, vielmehr müsste sie die Steine im Alter wieder herausschneiden lassen, ansonsten würde sie ein Opfer ewiger Qualen und müsse als Untote zwischen den Welten wandeln.

Es gab andere Momente, in denen ich bei ihrem Anblick erschrak; dann, wenn ihr Spiegelbild, von einer Glasfläche zurückgeworfen wurde, sah ich eine gebeugte, unansehnliche Frau, viel zu dürr für ihre engen schwarzen Kleider, alt, gebeugt und ohne Vitalität. Ihr Spiegelbild erschien schäbig und gleichzeitig unheimlich, ohne jede Spur des unvergleichlichen Schimmers, dem ich von Anfang an verfallen war.

Am Abend, nachdem die letzten Besucher nach Hause getrottet waren, fiel es mir zu, den Betrieb zu schließen, die Planen über den Eingang zu ziehen, die Gitter zu verriegeln, die Chaisen alle auf eine Seite zu schieben und abzudecken, alle Lichter auszumachen und den Strom abzuschalten. Wenn ich endlich fertig war, ging ich in den Wohnwagen, um zusammen mit Donatella die Einnahmen des Tages zu zählen. Das bare Geld lagerten wir über Nacht in einem kleinen Stahlschrank, unbare Einnahmen waren schon nachmittags dem Betriebskonto gutgeschrieben. Es waren lange Tage mit viel Arbeit.

In der Nacht, und mit Donas liebevollem Zutun, verschwanden die Gedanken an die Arbeit und die aufgekratzte Geschäftigkeit des Kirmesbetriebes aus meinem Kopf. Jetzt rief niemand mehr Befehle wie: »Kaspar, hast du schon ...«, oder »Kleiner, mach doch endlich mal ...«, ihr ewiges »Huuiiihhh – hier geht noch was« schrillte nicht mehr verzerrt durch die Verstärkeranlage. Es herrsche relative Ruhe.

Wieder dieser Hund

Ende November begab sich Merkwürdiges. Nachts, meist nach Mitternacht, streunte ein Hund, den ich vor einiger Zeit gesehen, aber nie beachtet hatte, über den Platz und um die Wagen. Er erschien unregelmäßig, einmal in der Woche oder auch in jeder Nacht. Der Hund folgte uns inzwischen durch drei verschiedene Städte, über drei verschiedene Stellplätze. Es war der gelbe Hund, der zu Harry, dem griechischen Taxifahrer, gehörte.

Der Hund war jetzt zu uns gekommen und heulte in der Nacht einsam-traurig, oft stundenlang. Obwohl er nur leise jaulte, war es nicht möglich, ihn zu überhören. Das Tier tat mir leid. Ich sah mehrfach aus dem Fenster. Nach Momenten im Schein der nächtlichen Beleuchtung verschwand er in der Dunkelheit zwischen den Caravans. In einer Nacht setzte er sich vor das Fenster unseres Wohnwagens und winselte auf seine bitter-verzweifelte Art zu der verschlossenen Tür des Wagens. Menschen und Tiere empfinden viel gemeinsam. Der arme Hund mochte wohl Hunger haben oder einsam sein oder Schmerz spüren. Ich öffnete unseren kleinen Kühlschrank, in dem trockene Wurstreste vom Abend auf einem Teller lagen, und trat mit dem Hundeessen vor die Tür. Der gelbe Hund war inzwischen wieder im Dunkel zwischen den Wohnwagen verschwunden. Ich stellte das Futter für ihn auf die unterste Stufe der Holztreppe. Wieder trauriges Heulen, Jaulen in unbestimmbarer Entfernung, aber als ich aus dem Fenster sehen konnte, war die Hundemahlzeit nicht angerührt. Ich zog den Parka gegen die Nachtkälte über und ging nach draußen. Hatte das Tier Schmerzen? Womöglich von einem Unfall mit einem Auto oder Motorrad? Oder hatte der Vierbeiner sein Herrchen, seinen Meister verloren? Trotz des angebotenen Futters entschlüpfte der Hund in die Finsternis hinter den Trailern. Mir schien, er hätte sich im Weggehen zu mir umgesehen als wollte er mich (wie unlängst Donatella) fragen: »Kommst du mit?« Noch dreimal ging ich in dieser Nacht nach draußen, um nachzusehen, jedes Mal ohne Erfolg. Ich konnte den Hund nicht mehr finden und nicht nachsehen, ob oder was ihm fehlte.

Nach der Arbeit fiel ich meistens müde und erschöpft in einen tiefen und traumlosen Schlaf. Nicht so in den Nächten, in denen der seltsame Hund durch unser Lager getrollt war, dann plagten mich schwere Träume:

»Bist du überhaupt ein richtiger Reisender? Wenn du ehrlich bist, gehörst du gar nicht zu uns, den gens de voyage, den Jenischen, uns Landfahrern. Das ist nicht deine Welt, Kaspar!«

»Lass' es sein, gib auf!«, brüllte einer.

Ich mühte mich, die Kabel an den großen Schalt-kasten heranzuzerren, aber sie waren zu kurz und zu schwer, vom letzten Abbau verwurstelt und verhed-dert, unmöglich, sie anzuschließen.

»Wird das noch was bei dir? Wir wollen in zwei Stunden aufmachen und du hast noch nicht mal den Strom fertig!«, schimpfte Donatella mit einer scharf-schneidenden Stimme, wie ich sie vorher nie gehört hatte. Sie war aufgebracht. Wie ein Racheengel warf sie ein scharfes Messer nach mir, das mein Gesicht nur knapp verfehlte.

»Huuuiiihhh!«, und dann noch eines: »Huuu-iiihhh! Hier geht was!«

Das Werkzeug, das ich brauchte, war nicht zu fin-den. Ich öffnete den Schaltkasten. Die Leitungen darin begannen sich zu bewegen. Ich sah bunte Schlangen, die – eine nach der anderen – aus dem Kasten heraus-fielen und sich an meinem Hosenbein hochwanden. Ich konnte sie nicht abzuschütteln.

Die anderen, das ›richtige‹ fahrende Volk, die gan-ze Mischpoke, war hinter mir zusammengelaufen und schrie Anweisungen:

»Trete sie auf den Kopf, nur dann sind Schlangen wirklich tot.«

»Wenn du den Kopf nicht ganz zertreten kannst, dann kommen für jede drei neue Schlangen, um die erste zu rächen.« Einer rief: »Pass auf, nicht die Roten mit 400 Volt!«

Unerwarteter Radau von draußen beendete mei-nen Albtraum. Mit Schlaf in den Augen sah ich aus dem Fenster des Wohnwagens. Da war eine Unruhe, die nicht zu der Dunkelheit und nicht zu der Uhrzeit passte. Lichter gingen an, Türen wurden laut aufgeschlagen, Menschen liefen mit Stablampen nach hinten, dort, wo die großen Attraktionen standen, die Karussells, die Schiffschaukel und die Achterbahn. Was war los?

In der Dunkelheit der Nacht und mit dem dürftigen Licht weniger Handlampen sahen wir, dass das Gerüst zum Abbau an der Achterbahn in sich zusammengestürzt war. Dort war ein Getümmel und Geschrei, Namen wurden gerufen. War jemand eingeklemmt, verletzt oder war noch Schlimmeres passiert?

Der Wirrwarr von Seilen, Planen, Kabeln und Stangen blieb bis zur Morgendämmerung unübersichtlich. Erst dann zeigte es sich, dass niemand vermisst wurde. Erleichterung. Die Angst fiel von uns ab und wich der Frage, warum so ein Unfall passieren konnte. War es Sabotage? Die Achterbahn war erst beim letzten Aufbau vor einer Woche vom TÜV abgenommen worden und die technische Prüfung an zwei Nachmittagen war ohne jede Beanstandung verlaufen. Das hatten die Ingenieure mit ihrer Unterschrift und Stempel auf einem Formblatt mit Durchschlag bescheinigt.

Wie konnte das passieren?

Nessie und ihr Freund

An manchen Tagen waren meine Gedanken bei Neslihan, Donas Tochter. Ich fragte mich, was für ein Leben sie wohl führte, welcher Beschäftigung sie nachging und wovon sie ihren Unterhalt bestritt. Hatte sie eine feste Arbeit? War ihr Alltag geregelt und frei von wirtschaftlichen Sorgen? Wie lebte sie, wenn sie gerade nicht wieder in unseren Wohnwagen hereinschneite und sich wie eine hungrige Katze an dem bescheidenen Inhalt des Kühlschranks – hauptsächlich gefrorene Canneloni und Pizza von dem fliegenden Händler – labte?

Von Dona erfuhr ich nichts über Nessies Leben. Auf jede Frage nach Nessies Leben antwortete sie ausweichend und versuchte, das Gespräch in eine andere Richtung zu lenken. Ich fragte mich, ob Nessie nachts auf der Straße oder in einem dusteren Etablissement auf Kunden wartete, aber verwarf den Gedanken wieder. Das passte nicht zu Nessies rauem Charakter und schon gar nicht zu ihrem Aufzug und Styling.

Immer wenn Nessie zu Besuch kam, spielte sie laut dröhnende Musik in der kleinen Stereoanlage. Traurige, und trotzdem harte und beängstigende Klänge, ganz andere Rhythmen und Melodien, als wir sie im Scooter spielten, um das Publikum aufzuputschen. Ich bemühte mich, einen Zugang zu den dunklen Stimmen zu finden. Es war Musik aus einer mir unbekannten Welt, fremd, dunkel und freudlos. Welche Menschen spielen so? Und welche hören solchen gefühllosen Lärm? Geräusche, Rhythmen und Texte voller Hass und Gemeinheit. Es waren Melodien, die allen Erdenjammer und Nichtigkeit transportierten.

Ein andermal überraschte ich Nessie zusammen mit Dona, wie sie daumengroße Brocken von irgendwas auf dem Esstisch zerklopften und zerrieben und als weißes Pulver in Plastiktütchen abpackten. Sie betrachteten und sortierten das Zeug mit einer derartigen Hochstimmung, dass sie mich erst bemerkten, nachdem sie die Pülverchen in ihren Taschen untergebracht hatten.

Verständlicherweise fragte ich: »Was ist denn das für eine Substanz?«

»Och, das ist was mit Kosmetik, Stoff für Frauen, nichts für dich«, und: »nein, du brauchst dich nicht zu sorgen, das sind keine Drogen, nichts Illegales«, antwortete Dona. Diese Antwort war nicht plausibel. Ich war sprachlos, aber gleichzeitig froh, annehmen zu dürfen, dass der geheimnisvolle weiße Stoff harmlos sei.

An einem anderen Tag, am frühen Abend, Dona war noch bei der Arbeit auf dem Platz, lernte ich Nessies Freund kennen. Er kam gemeinsam mit Nessie auf einem kleinen, rosa lackierten Motorroller mit Weißwandreifen angetuckert. Rosa! Entsprechend Nessies Goth-Aufmachung hätte ich eher ein dickes Motorrad erwartet oder einen Pick-up mit breiten Stollenreifen, denn ich hatte mir Nessies Liebhaber als breit gebauten Burschen mit Glatzkopf und Rockerkutte vorgestellt. Falsch gedacht. Nessie machte uns bekannt.

»Kaspar, das hier ist mein Freund Simon-Peter, genannt Pete.«

Pete war eine kleine, hagere Erscheinung mit Metallbrille, Pomadefrisur und auf retro gestylt. Er sah deutlich älter aus, als er in Wahrheit sein mochte. Unpassend zu der Jahrmarktsituation und dem Motorscooter, trug er ein schwarzes Seidenjackett über einem glatten, weißen Hemd und eine schmale, schwarze Krawatte. »Trägt die ganze Donatella-Sippe Schwarz?«, dachte ich. Unter dem Arm hielt Simon-Peter ein Buch, das nach einer Bibel oder einem Brevier aussah. Er reichte mir die Hand zum Gruß; ein kraftloser, kalter Handschlag, wie ein toter Fisch. Im Gegensatz dazu war seine Begrüßung überraschend wortreich, plapperhaft.

»Sei gegrüßt, Kaspar! Gott segne dich und diesen Tag, an dem ich dich als lieben Freund kennenlerne. Der Friede des Herrn sei mit dir!«

Die Begrüßung war derart übertrieben, dass ich in Betracht zog, sie sei nicht ernst gemeint. War Pete ein Schauspieler, der geradewegs von der Probe im Theater oder vom Film-Set kam und den Charakter seiner Rolle noch nicht abgestreift hatte? Nur so harmonierte seine Aussehen mit der lächerlichen rosa Vespa.

Spontan antwortete ich mit ebensolchem, wie ich dachte, Unsinn: »*Howdy,* Reverend Pete. Wo haben Sie Ihr Pferd eingestellt?« Was sich sogleich als grober Fehler erwies.

Pete gab sich zutiefst beleidigt. Es war keine Rolle und keine Verkleidung; der dürre Pete war authentisch, nahm sich in seiner Lächerlichkeit ernst und wünschte, respektiert und bewundert zu werden. Nach dem kalten Händeschütteln fand keine Konversation mehr statt, die Stimmung war eisig. Zum Glück kam Dona bald vom Platz in den Wagen und die beiden verabschiedeten sich hastig. Nessie trat im Weggehen nahe an mich heran und flüsterte, als Pete es nicht mehr hören konnte:

»Bitte nimm es ihm nicht übel, er ist halt so. Er hat gestern eine Predigtwoche abgeschlossen, danach redet man dann halt so.« Und weiter: »Hier, das hat er für dich dagelassen.« Dabei gab sie mir einige zusammengeheftete Druckseiten in die Hand. »Die Ursprungslehre jenseits von Darwin-Nietsche-Hitler und ihre Bedeutung für die Moral des modernen gläubigen Menschen«, stand als abstruser Titel auf dem ersten Blatt. Der Druck des Machwerkes war schwarz-weiß und miserabel, als Autor des Textes wurde ein gewisser Simon-Peter genannt.

Nessie erklärte weiter: »Er wird demnächst Herausgeber einer Zeitschrift, ›Hygge, nachhaltiges Handeln und Achtsamkeit‹. Dann kann er seine Traktate und Pamphlete dort veröffentlichen. Das hier war nur ein Entwurf.« Sie versuchte klarzumachen: »Die Dänen umschreiben mit Hygge ein Lebensgefühl, Beglückung durch die einfachen Dinge des Lebens ...«

»Ja, ich weiß davon, das kenne ich«, unterbrach ich sie.

Ich hatte von Martha schon zur Genüge über Achtsamkeit und Bewusstseinsklarheit gehört. Noch mehr brauchte ich nicht.

Nessies Redefluss war nicht zu bremsen: »Pete hat auch schon die Schlüssel zu seinen Redaktionsräumen bekommen, ach, ich freu' mich ja so himmlisch für ihn.« Ihre Augen strahlten in Vorfreude.

Genug, es reichte.

An guten Tagen bereiteten mir selbstmotivierte Missionare seiner Sorte kaum Schwierigkeiten, ich konnte gut damit umgehen. Leute, die mir samstags in der Fußgängerzone den Weg verstellten und mir unbedingt den einzig wahren Pfad zur ewigen Seligkeit in fünf Minuten erklären wollten, im Gegenzug für eine Spende, »damit wir unsere Missionsarbeit weiter fortsetzen können.« Trotzdem hatte ich Kurzweil bei den Begegnungen und fand Zerstreuung in den Diskussionen, unter anderem, weil die Debatten von blauäugigen Mädchen angefangen wurden, die sich im Verlauf der Plauderei gerne selbst widersprachen. Heute fand ich das Vorhaben, mein Seelenleben wieder einmal retten zu wollen, widerwärtig. Ich brauchte keinen Pete, um meine Seele vor der ewigen Verdammnis zu bergen.

»Was weiß so ein Kerl denn schon vom Leben?«, fragte ich mich, und: »Was weiß er von der Relativität der Zeit?«, und gab mir selbst die Antwort: »Nichts, gar nichts!«, und war mir sicher: »er ist nur ein ganz kleines Licht, eher ein Irrlicht.«

Als Nessie und Pete endlich gegangen waren, legte ich sein Pamphlet, das zu meiner Erbauung dienen sollte, unten in die Ablage zu den Kassen- und Steuerbelegen, zu dem Papierzeug, das erst am Jahresende gebraucht und dann endgültig weggeworfen wird.

Pete verschwand gemeinsam mit Nessie und seinem rosa Motorroller schnell in der Nacht. Ich sah, dass das Rücklicht fehlerhaft war und nur flackerte.

Herbst

Wie im Jahr zuvor war Donatellas Plan, diesen Tag im Herbst besser in Süddeutschland zu feiern, bestens aufgegangen. Sie wusste, dass der Norden besser für Geschäfte im Frühjahr ist und mit dem Ablauf des Jahres die Schaustellerei besser nach Süden zieht.

Der Rummel baute, zum vorletzten Mal in diesem Jahr, auf dem Herbstmarkt auf, der in den südlichen Regionen des Landes Martinimarkt genannt wird. Dieser Tag markiert den Abschluss der Erntezeit in der Landwirtschaft und leitet nach der Plackerei der Ernte in die ruhigere Vorweihnachtszeit über. Am Martinstag ist Zahltag auf dem Land. Der Feiertag wird von der ländlichen Bevölkerung genutzt, um sich vor dem Wintereinbruch mit den Dingen des täglichen Bedarfs wie Wäsche, Schuhe und Werkzeug oder Produkten und Waren einzudecken. Deshalb ist an diesem Tag freies Geld in den Händen der Leute und wir halfen ihnen gerne, es auszugeben, zum Beispiel für eine vergnügliche Scooterfahrt, die genau drei Minuten dauerte. Oder bei den Kollegen, die ihnen für ein paar Münzen ein dreieckiges Papiertütchen mit warmen, gebrannten Mandeln andienten und dabei vorgaben, frische Ware aus dem Kupfertopf anzubieten; die Nascherei wird aber nur unter der Theke in der Mikrowelle aufgewärmt.

Der vorletzte Umzug vor der Weihnachtspause lief trotz aller Probleme beim Aufbau im herbstlichen Schneeregen und obwohl die Zeit, den Strom vorschriftsmäßig anzuklemmen, wie immer viel zu knapp war, lief die Eröffnung erstaunlich glatt. Nach einer Nacht war der Schneematsch geschmolzen und das Wetter kalt genug, um Flammkuchen und Glühwein zu genießen, und trocken genug, um stundenlang zwischen Bratwurst, Schiffschaukel und Schießbude hin- und herzuwandern.

Jeder Ortswechsel wurde mit den anderen Kollegen für Monate im Voraus abgesprochen, aber am Ende entschied doch jeder für sich, wo er demnächst aufbauen wollte. In diesem Jahr hatte es sich so ergeben, dass unsere ganze Kirmesstadt monatelang einem kleinen Wanderzirkus hinterherzog. Während der Zirkus das Zelt abbaute, fuhren schon die ersten Wagen vom Autoscooter und mit Teilen des Riesenrades auf den Platz. Das waren die größten Module und wurden bei jedem Umzug als erste bewegt. Aus dem gemeinsamen Transport ergab sich für beide Seiten der Vorteil, Kosten zu teilen. Wir brauchten weniger Schlepper und Tieflader und die gemieteten Fahrzeuge fuhren nicht mehr so oft leer zwischen den Stellplätzen hin und her.

Die Leute vom Zirkus, mit denen wir die Einzelheiten der Frachtdisposition absprachen, waren nette Menschen. Einer der Unterhändler vom Zirkus war ein jüngerer Herr, der nach seinem Äußeren aus Südasien stammte, einen Turban trug und mit einem weichen, indischen Akzent sprach. Er kam mehrmals zu uns, um mit Donatella die Verfrachtung des Betriebes zu besprechen und die anfallenden Kosten abzurechnen.

Als landfahrendes Volk, Gaukler und Schausteller, waren wir wesensverwandt und hatten sogar ge-

meinsame Gegner wie zum Beispiel die Gewerbeauf-
sicht oder die Kinder, die meinten, ungestraft mit
Steinen nach unseresgleichen werfen zu dürfen.
Derlei Kleinigkeiten schienen uns zu verbinden.

Jetzt im Spätherbst kam Nessie öfter zu Besuch.
Das konnte vielerlei bedeuten. Vielleicht trieb sie sich
in diesem November mehr in unserer Nähe herum.
Oder sie brauchte Geld. Ich wusste, dass Dona ihr bei
jedem Besuch eine Kleinigkeit zusteckte. Ansonsten
erfuhr ich nichts, es war eine Mutter-Tochter-Sache,
eine Vertrautheit, in der für mich kein Platz war. In
mir verfestigte sich der Eindruck, dass einzig die un-
erfreulichen Neuigkeiten zu mir durchdrangen.

Die Frage, wie die Zukunft organisiert werden
sollte, schien die beiden Frauen nicht sonderlich zu
kümmern, so, als ob alles weitergehen könnte, wie es
bisher gelaufen war, ungeplant, ungeordnet und nur
auf Zufall beruhend. Für mich hingegen war die Un-
gewissheit belastend und unerträglich. In der Welt
meiner Gedanken zog ich Bestimmtheit, Voraussicht
und Planung der Unentschiedenheit vor.

Ende der Saison. Bis zum Jahresende blieb nur
wenig Zeit, um mit dem Betrieb noch ausreichend
Geld zu erwirtschaften, das bis in das nächste Jahr
reichte.

Die Adventsmärkte waren ein anderes Biotop als
die Sommerfeste, auf denen die größten und tollsten
Maschinen, Karussells und sonstige Kotzmaschinen,
wie manche sie böswillig nannten, um die Gunst und
das Geld des Publikums warben. Die Weihnachts-
märkte bevorzugten stille Glanzstücke wie Pony-Rei-
ten für die ganz kleinen Kinder; Attraktionen, bei de-

nen die Mutter mitläuft und die Hand der kleinen Tochter hält. Es sollte beschaulich, gemütvoll und sentimental zugehen, und ruhig und feierlich war Donatellas Scooter gewiss nicht.

Die große Pause kam nach den Adventsmärkten. Nach Weihnachten und Silvester war Karneval, eine andere Form der Volksbelustigung, die mit den Kirmesvergnügungen um die Aufmerksamkeit des Publikums konkurrierte. Darauffolgend die Fastenzeit, kein Markt, kein Rummel, Pause. Da war gewöhnlich die Zeit, um größere Reparaturen durchzuführen, Maschinen zu wechseln oder Teile neu anzustreichen, und was sonst wichtig war, um in der nächsten Saison gut auszusehen. Die ersten Volksfeste im Jahreskreis waren frühestens im Mai rentabel. Daraufhin verbesserte sich das Geschäft allmählich und später, im Sommer und frühen Herbst, war wieder mit einem vollen Publikum und üppigen Einnahmen zu rechnen.

Wenn es gut lief, war es machbar, zwölf oder vierzehn Veranstaltungen in einem Jahr zu beschicken; jede zweite Woche in einer anderen Stadt. Die Tage dazwischen waren Rüsttage, verlorene Zeit beim Auf- und Abbau. Gleichfalls wichtig war, wohin der Rummel weiterzog, denn der Umzug zum nächsten Standplatz sollte schnell geschehen, um wenig unproduktive Zeit auf der Straße zu verbringen und den Transport möglichst billig abzuwickeln, ein interessantes lineares Optimierungsproblem, dessen Theorie ich mühelos verstand.

Die richtige Mischung von kleinen Geschäften wie Wurf- und Schießbuden und großen Attraktionen wie

Karussells, Riesenrädern, Achterbahnen und Auto-
scootern, wie Donatella einen betrieb, hatte entschei-
denden Einfluss auf den Ertrag. Dazu die Wandergas-
tronomen mit ihren gebratenen Glasnudeln, Brat-
würsten und gebrannten Mandeln oder Popcorn.
Selbst der übellaunige Currywurst-Thüringer hatte
seinen Platz im Zusammenspiel der Dienstleistungen.
Bei den *food*-Buden war zu beachten, dass sie nicht
nur auf hungrige Besucher warteten, sondern genau
den Duft verbreiteten, den man üblicherweise mit
Jahrmarkt und Kirmes verbindet, eine wichtige emo-
tionale Komponente, denn das Riechzentrum im Gehirn wirkt direkt auf die Paläokortex. Dort werden
durch Geruch Gefühle erzeugt, die sich gegen jede Logik durchsetzen.

Nicht zu vergessen, die Lebkuchenherzen nahe
am Eingang, die junge Paare gerne kauften. Die Back-
waren konnten wochenlang gelagert und lange im
Voraus im Großhandel bestellt werden. Hauptsache,
dass im Lager keine Ameisen dran kamen.

Wenn alles zusammenkam, die richtige Stadt,
entsprechendes Wetter (nicht zu heiß, kein Regen)
und die richtige Mischung von Ständen, dann spielte
ein einziges gutes Wochenende genügend Einnahmen
für ein halbes Jahr ein. Aber derart einträgliche Wochen waren selten. In dieser Saison war das einge-
nommene Geld kümmerlich, gerade genug, um die
Helfer und den Transport zum nächsten Standplatz
zu bezahlen und ohne die Not, bei der Spedition um
Rabatt oder Aufschub betteln zu müssen. Es war ein
Wirtschaften von der Hand in den Mund, bei dem wir

nichts für schlechte Zeiten, den Winter oder Reparaturen auf die Seite legten.

Hatte Donatella das gewusst, als sie mich zum
Mitreisen einlud?

Der Winter

Das Geschäft lief nicht gut. Es war der Pesthauch
der absehbaren Insolvenz, der Donatella und
mich in die Realität des reisenden Schaustellertums
zurückwarf. Es war Zeit, um – ein letztes Mal – die
Fakten in den Geschäftsbüchern durchzugehen und
auf eine Eingebung zu hoffen und über eine rettende
Idee, einen Ausweg nachzugrübeln. Das Kirmesge-
schäft bereitete inzwischen jede Menge Kosten und
fuhr buchstäblich keinen Gewinn ein. Lag es am Wetter oder daran, dass Autoscooter längst vom Zeitgeschmack überholt worden waren?

Das Leben im Wohnwagen, aufgewärmte Fertig-
Pizzen, das klamme Nieselwetter und die hoffnungs-
lose wirtschaftliche Aussicht brachten uns dazu, in
Betracht zu ziehen, das Geschäft aufzugeben und uns
nach anderen Möglichkeiten der Zukunftsgestaltung
umzusehen.

Ohne mit Donatella darüber zu sprechen, hing ich
dem Gedanken nach, meine Diplomarbeit fertigzu-
schreiben und das Studium – endlich – zu einem Abschluss zu bringen. Das Zeitfenster, um die Arbeit
rechtzeitig einzureichen, schloss sich bald. Mir blieben nicht Monate, sondern nur noch Wochen. Mit einem gelungenen Studienabschluss wäre ich unabhängig und bereit für eine solide Beschäftigung, die einen

regelmäßigen Geldeingang zum Ende des Monats versprach. Eine feste Anstellung mit Urlaub und Weihnachtsgeld und ohne das »Huuiii, hier geht noch was!«, bis nach Mitternacht. Ich ersehnte einen Schreibtisch mit anspruchsvollen Aufgaben, wünschte mir nette Kollegen für eine intelligente Konversation.

Ein Leben als Musiker kam nicht infrage, denn ich wusste, andere Musiker spielten hervorragend und gastieren dennoch nur in versifften Kaschemmen oder dudelten bis nach Mitternacht in leeren Hotellobbys und mussten dabei mit minimaler Gage zufrieden sein. Nein, meine Musik hatte keine Aussicht, das verstand ich selbst.

Ich war es leid, mit dem Minimum zurechtkommen zu müssen, mit der Enge des Wagens, den dauernden Umzügen, dem Fraß aus dem Kühlschrank. Die grundsätzliche Frage, auf die ich keine Antwort hatte: Gab es denn überhaupt eine gemeinsame Zukunft für Donatella und mich? Oder war dies lediglich das kalte Ende einer Kirmessaison mit viel »Huuiiihhh« und nächtlichem »Aaaahhh«?

Adventszeit ohne Einnahmen, Weihnachten, Neujahr, Winterpause, kalt, feucht, aber ohne Schnee, der den nassen Asphalt für ein paar Wochen verdeckt hätte. Wir kamen mit dem Wohnwagen auf einem Campingplatz unter. Wochenlang hatte ich Musik aufgelegt, Scooterwagen hin- und hergeschoben, geputzt, Kassengeld gezählt und tausend andere Erledigungen, die Dona mir aufgetragen hatte, verrichtet. Jetzt kehrte Ruhe ein. Wir drei, Dona, Nessie und ich, richteten uns für die kalte Zeit ein und erledigten Papierkram, die Buchhaltung, Anträge auf Genehmigungen und entwarfen einen Reiseplan für die nächste Saison, für den ungewissen Fall, dass wir im kommenden Jahr doch wieder auf Achse sein könnten.

Die Hoffnung stirbt zuletzt.

Die Fahrhalle und die einzelnen Wägelchen waren trocken verpackt und in einer Halle bei Hamburg eingelagert, die letzten Helfer, die beim Abbau und Verladen geholfen hatten, entlohnt und entlassen. Einige Teile, ein paar Motoren und der große Niederspannungsschaltschrank, der während der ganzen Saison Probleme bereitet hatte, waren zur Reparatur. Erfreulicherweise verlangte die Werkstatt keine Anzahlung, sagte uns aber klipp und klar, dass die alte Kiste nicht mehr den neuesten Bestimmungen entspräche und wir froh sein sollten, dass mit dem »ollen Ding«, wie sie es nannten, kein Unglück passiert sei. – Ich dachte an Donas totes Frettchen.

Nach einer gemeinsamen Woche verabschiedete sich Dona für drei Tage, um zu ihrer Mutter nach Bottrop zu fahren. Sie ließ mich über den genauen Zweck ihres Heimatbesuches im Unklaren. Ich malte mir aus, dass es bei dem Besuch um Geld gehen könnte. Das kleine Reihenhaus, in dem sie ihre Kindheit verbracht hatte, stand zum Verkauf. Nach dem Besuch in Bottrop wollte sie noch bei den Zirkusleuten vorbeischauen, sagte sie.

Ich hatte es mir für die Zeit von Donas Abwesenheit zurechtgelegt, im Wohnwagen zu bleiben, um die Buchhaltung auf den neuesten Stand bringen, die fälligen Steuern zu berechnen und nach der Büroarbeit in Ruhe Videos anzusehen oder am Abend eine Stunde auf meinem Saxofon zu spielen. Ich war alleine, nur Nessie teilte den Wagen mit mir. Im Kühlschrank war genug gefrorenes Essen für eine ganze Woche und zwei angefangene Flaschen Rotwein, die unter diesen Umständen ausgezeichnet zu der Lasagne passten. Ein guter Plan, für ein paar Tage.

Ich wusste, Donatella stammte aus Bottrop-Batenbrock, einer Arbeitersiedlung mit Blick auf einen Friedhof und eine Abraumhalde dahinter. Jetzt erfuhr ich, dass sie nicht Donatella, sondern Chantal Kowalczyk hieß; den vollen Namen las ich in ihrem Ausweis, den sie offen liegengelassen hatte. Der Geburtsort passte zu ihrem Ruhrpott-Dialekt, mit dem sie trotz der langen Jahre des Herumziehens sprach, wenn sie aufgeregt oder emotional erschöpft war.

Ein anderes, mehrfach gefaltetes Schriftstück, das bei ihren persönlichen Papieren lag, beurkundete eine junge Frau namens Chantal Gupta in einer Sprache, die mir nicht zugänglich war. Auf das Papier geheftet war das Porträtfoto einer jugendlichen Donatella, keine Verwechselung. Darunter verschiedene Stempel mit zum Teil fremden Schriften, einer vom Generalkonsulat in Mumbai.

Es wäre mir lieber gewesen, ich hätte die Papiere nie gesehen, denn ich war in Donas Vergangenheit eingedrungen und hatte erfahren, was nicht für mich bestimmt war und hatte jetzt Fragen, die ich nicht stellen durfte. Es würde sie aufbringen. Sie war nicht die Frau, mit der man eine Kontroverse sachlich austrägt.

Nessie war schnell wieder verschwunden, weil sie keinen Augenblick mit mir alleine in dem Wohnwagen verbringen wollte. Oder es war es ihr peinlich, dass ich eine Kiste mit ihren alten Spielsachen gefunden hatte: Beim Aufräumen für den Winter war ich auf einen großen Karton gestoßen, dessen Inhalt mich fürchterlich erschreckte. In der Kiste waren Teile von Puppen, Teddybären mit abgetrennte Armen. Ohne Beine, Köpfe ohne Körper. Eine volle Kiste mit mindesten einem halben Hundert geköpfter und massakrierter Figuren. Ich wühlte tiefer. Am Boden der Schachtel war eine mechanische Apparatur, angetrieben von Federkraft, die Spielzeugversion einer Guillotine mit einem scharfen Fallbeil. Todesspielzeug. Wer verschenkt derlei geschmacklosen Plunder an Kinder?

»Was machst du mit meinen Sachen?«, beschimpfte mich Nessie. »Das ist mein Zeug! Das geht dich zum Teufel nichts an!« War ich auf ihr dunkles Geheimnis gestoßen? Sie war aufgebracht, schäumte vor Wut.

»Ja, es stimmt, damit habe ich früher gespielt.« Sie versuchte zu erklären: »Die haben mir das zum Spielen gegeben und ich habe halt damit gespielt. Na und?« Sie vermied zu sagen, wer »die« waren. Ihr Vater? Oder ihr Stiefvater, der auf unerklärte Weise verschwunden war?

»Und wenn meine Spielfreunde böse zu mir waren, dann habe ich ihre Puppen geklaut und ganz langsam die Beine und Arme abgeschnitten und am nächsten Tag, früh, geköpft, bevor ich zur Schule ging. Manchmal habe ich Revolution gespielt, zehn, zwanzig an einem Tag ...«

Seltsam. Zweifellos war sie in Rage, weil ich ihr Geheimnis entdeckt hatte, aber in einer anderen Weise schien sie erleichtert, über ihre kindliche Vergangenheit zu reden. Unser Wortwechsel kam zu einem abrupten Ende. Mitten im Satz riss sie die Tür auf, warf mir einen Blick voller Verachtung zu und schlug die Wohnwagentür von außen zu.

Ganz entgegen meiner Erwartung kam Donatella schon am übernächsten Tag, früh am Morgen, von ihrer Reise zurück. Sie stellte die Tasche mitten in den Wohnwagen. Kalte, frische Winterluft wehte herein, als sie die Tür schloss. Sie fragte nicht nach Nessie. Ihre Haare waren strähnig und ihre blasse Haut hatte einen Schimmer von Grau, wie jemand, der lange nicht geschlafen oder nächtelang sorgenvoll am Krankenbett eines geliebten Menschen gewacht hatte. Was war passiert? Sie musste einen großen Teil der Nacht in einem Zug, Fernbus oder als Mitfahrer in einem fremden Auto verbracht haben. Ich bot ihr allerlei Heißes an, um sie aufzuwärmen, Kaffee, Tee oder eine heiße Suppe mit dicken Nudeln aus der Mikrowelle, *Soulfood*.

Zu meiner Überraschung war Donatella bei guter Laune und in bester Stimmung.

»Rate mal, Kleiner, was ich fertiggebracht habe?«

Im Hinblick auf die finanzielle Situation des maroden Jahrmarktbetriebes, der das ganze Jahr lang am Rande der Insolvenz herumgeschrappt war, riet ich, logischerweise, dass sie frisches Geld aufgetrieben hatte. Ein neuer Kredit, Sicherheiten oder jemanden, der sich in den Laden einkaufte und neues Betriebskapital mitbrachte. Wir könnten gerne Werbeplakate über dem Fahrzelt aufstellen oder, wenn es der Investor wünschte, alle fünf Minuten einen passenden Werbeslogan durch die Lautsprecher spielen, Anpreisungen für ein Autohaus, vielleicht? Wir hatten schon mal darüber gesprochen und bei ein paar Händlern angefragt, aber da kam außer zynischer Ablehnung wenig. Kein Werbevertrag. Oder »Nur fliegen ist schöner – huuuihhh!«, nein, das wäre eher was für die ganz großen Fahrgeschäfte, hinten am Platz.

Oder brachte Dona die Nachricht, dass das Reihenhaus in Bottrop verkauft war? Oder die Neuigkeiten von dem großen Kredit, dessen Stundung wir vor Wochen beantragt hatten und an dessen Tilgung wir so schwer trugen? Kam da endlich Geld in die Kasse? War die Pleite des Betriebes doch noch zu vermeiden? Hatten wir jetzt genug, um die Schulden bezahlen und um eine weitere Saison in der Art zu leben und zu arbeiten, wie wir es inzwischen gewohnt waren?

»Ich sage dir gleich, was los ist, was ich hingekriegt habe. Eine total abgedrehte Sache. Aber erst muss ich duschen und dann deinen Kaffee trinken«, sagte sie.

Die Dusche, oder besser gesagt, das Waschhaus des Campingplatzes, lag sechs Parzellen weit weg und der Gang dahin im kalten Wind des Winters war unangenehm. Hatte sie tatsächlich Geld beschafft, um den Betrieb weiterzuführen? Erst nach einer knappen Stunde sah ich aus dem Fenster, wie sie zurückkam, mit nassem Haar, mit großen Schritten; jetzt war Donatella der Optimismus in Person. Der Kaffee stand frisch und duftend auf unserem kleinen Tisch.

»Du wirst mir das nicht abnehmen«, begann sie und schlürfte von meinem heißen Milchkaffee. »Ich habe den ganzen Krempel verkauft, wir sind jetzt schuldenfrei. Alles! Die Scooter, den Wohnwagen, sogar die Ersatzteile und Kabel im Lager haben sie mit eingerechnet.« Weiter, und ohne Pause, um mir keine Gelegenheit zu geben, sie zu unterbrechen: »Wir arbeiten zusammen im Zirkus, du bekommst eine Stelle als Musiker und ich werde mich dort um die Verwaltung kümmern, Kasse, Futtereinkäufe und solche Sachen«, sagte sie, und gleich weiter: »Ist das nicht toll, Wahnsinn, mega cool? Sag' doch bitte, dass du dich freust! Bitte!«

Diese Nachricht war eine dicke Überraschung für mich. Donatella sah mir in die Augen und folgte jetzt jeder meiner Bewegungen, um meine Reaktion aus der Körpersprache zu erraten. Ich erlebte zum ersten Mal, dass sie sich um eine Zukunft für uns beide umsah.

»Weiß Nessie davon?«, fragte ich, um mich nicht sofort auf eine klare Antwort festzulegen.

»Ja, ja, sie war schon von Anfang an eingeweiht.«

»Warum hast du mir nicht auch davon erzählt?«

»Weil ich damals noch nicht wusste, ob das wirklich klappt.« Lange Pause, wieder ein Schluck Kaffe. »Ich musste doch gleichzeitig den Betrieb verkaufen und dann noch Jobs für uns beim Zirkus besorgen. Das Verkaufen war einfach, und der Preis, den die bezahlt haben, auch. Der ganze Kladderadatsch wird nach Indien verschifft. War doch sowieso alles morsch und marode, wir hätten das kaum für eine weitere Saison genehmigt bekommen.«

»Und wann, meinst du, fangen wir im Zirkus an?«, fragte ich nüchtern.

»Ja, sobald es geht. Am Besten sofort nach der Winterpause. Im Frühling. Gleich beim ersten Aufbau in der neuen Saison.« Dona war von ihrer eigenen Idee begeistert.

»Kleiner, freust du dich nicht ein bisschen, wenigstens ein ganz kleines bisschen?«

Ich bedachte die Situation: Der Scooterbetrieb war praktisch pleite und das Rummelgeschäft auch nichts weiter als eine Sackgasse, die Kollegen und Platznachbarn keine Freunde, sondern gehässige Zeitgenossen, mit Ausnahme der netten Blondine vom Popcorn, vielleicht. Da war nichts, was bewahrenswert erschien.

Der neue Plan, den sie vor Augen hatte, war keine Lösung, aber ein Ausweg. Die Aussicht, in einer Zirkuskapelle Musik zu spielen, erfüllte mich mit verhaltener Vorfreude. Ich wäre dann – in gewisser Hinsicht – Berufsmusiker. Das Physikstudium könnte ich später abschließen. Irgendwann. Ich stellte mir die Zukunft spannend vor: eine Saison mit richtigen Artisten zu tingeln, und nicht nur mit kleingeistigen Büdchenbesitzern. Ich wusste nicht genau, was ich eigentlich erwartete, aber es würde sicher besser sein, als die Erfahrungen der Hippies, die in Indien ihr wahres Ich suchen und nach einem oder zwei Jahren voll Omkara, aber ohne Geld und mit Läusen in den Haaren zurückkommen und ihre Enttäuschung hinter sarkastischen Lebensansichten oder esoterischem Geschwätz verbergen.

Gedanken im Park

Ich bat Donatella um Zeit zum Nachdenken. Aus schwer zu erklärenden sentimentalen Gründen wollte ich noch einmal in meine Studienstadt. Vielleicht könnte ich doch irgendwie noch einmal mit Martha in Kontakt kommen, ihr sagen, wo ich bin und wie man mich erreicht, falls mich jemand sucht. Oder ich könnte noch einmal in unserem Institut vorbeischauen, ob sich dort irgendetwas Neues ergeben hätte, obwohl ich keine klare Vorstellung hatte, was ich erwarten könnte.

Von Martha keine Spur, keine Nachricht und niemand, der sie noch gesehen hätte. Und dennoch erfreute ich mich daran, Straßen abzulaufen, die ich kannte und mich wie früher für einen Kaffee-Latte niederzusetzen. Nein, in der Uni hatte sich nichts Neues ergeben. Auch der Abgabetermin für meine Arbeit stand immer noch felsenfest und konnte nicht verschoben werden.

Ich gönnte mir eine letzte Pause und beschloss, den späten Nachmittag mit Nichtstun zu verbringen. An diesem Tag verging die Zeit anders als gewöhnlich. Ich empfand keine Eile, keine Hektik, es war die Ruhe vor einer großen Veränderung. Die Zeit gewährte mir eine Atempause, einen stundenlangen Sonnenuntergang an einem kalten Nachmittag. Ein Moment der Ruhe vor dem Winter, bevor Schneematsch und

Nässe, die durch die Kleidung dringen und die Zeit im Freien wenig erträglich machen würde.

Was wird der kommende Winter bringen? Ich grübelte, wie wenig man doch bräuchte, um auf andere Gedanken zu kommen. Heute reichte mir der Ausblick auf den klaren Himmel, die dunklen Silhouetten der Bäume gegen den Abendhimmel und die Gesellschaft der Tierchen, die da hin und her flatterten und mir einen Moment der Harmonie und Bedachtsamkeit schenkten. Während die Dunkelheit langsam auf die Bäume und Sträucher im Park heruntersank, sah ich ein Eichhörnchen herumhuschen, mal auf einem Baum, dann gleich wieder zwischen dem Gesträuch. Es suchte Futter für den Winter und schien mit seiner Arbeit erfolgreich voranzukommen. Beim Einkauf vorhin am Büdchen hatte ich mir ein Tütchen mit Erdnüssen für unterwegs in die Tasche gestopft und knabberte jetzt, wie das Eichhörnchen, an den salzigen Nüsschen. Die Sonne war hinter den Sträuchern versunken, was erstaunlich lange gedauert hatte. Die beginnende Dunkelheit war der passende Moment, um den ersten Schluck aus der Flasche zu nehmen und um den Augenblick zu genießen. Diesem Atemzug, in dem die Zeit still stand, wollte ich ein paar Brösel kosmischer Unendlichkeit hinzuzufügen. Ich dachte an meinen Großvater, der sich täglich am späten Nachmittag einen Schluck aus der Pulle – er trank gerne roten Wermut – gönnte und mit dem Zitat rechtfertigte: »Wer Sorgen hat, hat auch Likör.« Das Büdchen am Park verkaufte weder Likör noch Wermut, sondern nur eine billige, klare, alkoholhaltige Plörre, abgefüllt in einer flachen Flasche, die einen halben Liter fasste. Darauf ein fantasieloses Etikett, das den Inhalt als ordinären Schnaps der Rachenputzerklasse beschrieb.

Wir Menschen neigen dazu, die Zeit festhalten zu wollen, obwohl wir wissen, dass es unmöglich ist. Wir versuchen, den einen Augenblick, der uns wichtig erscheint, aus dem Fluss der Zeit auszuschneiden und für die Ewigkeit zu konservieren. War das die Achtsamkeit, von der Martha mir erzählt hatte? Fotos werden aufgenommen, seitenlange Briefe geschrieben und beseelte Antworten verfasst, und trotz aller Anstrengungen, die Zeit verrinnt und ist nicht zu greifen. Es ist leicht, sie zu beschreiben, man kann allerlei Experimente über die Zeit anstellen (mit und ohne Relativität), aber es ist unmöglich sie anzuhalten, zu konservieren und unserem imaginären Archiv der Erinnerungen hinzuzufügen. Aber am Ende bleiben nur farblose Kopien bunter Zeitstückchen, sonst nichts weiter.

Ich nahm einen letzten Schluck aus der Flasche, die den Abstand von mir zu dem inzwischen dunkelvioletten Himmel verkürzte und die Distanz zu dem Rummelplatz weit entfernt erscheinen ließ. Für einen kurzen, köstlichen Moment, erlebte ich, mit dem zeitlosen Herbsthimmel eins zu werden. Der Abend war die Fermate auf dem Ende eines Lebensabschnittes. Ein Ruhepunkt, aber kein großer, scheppernder Schlussakkord.

Es wurde mit jedem Moment kälter, aber auch klarer, dass ich in dieser Stadt nichts mehr verloren hatte. Es war Zeit, weiterzuziehen, so wie mit dem

Rummel in eine andere Stadt, wo man bei jedem Umzug hofft, dass beim nächsten Mal alles besser wird.

Also doch Zirkus, meine nächste Station. Donatella hatte wieder gewonnen. Ich hatte verstanden, dass der Zirkus unsere Zukunft sein könnte. Wenigstens vorläufig.

Der Anfang im Zirkus

Der Zirkus war straff organisiert, mit einem Direktor, der genaue Anweisungen gab, alle Entscheidungen traf, und die Artisten samt ein paar Helfern befolgten gehorsam, was ihnen aufgetragen wurde. Im Vergleich zu dieser eisenharten Organisation war unser Rummel eine ungeordnete Bande, jeder entschied und wirtschaftete für sich allein.

Die Vorstellungen begannen immer mit einer Hundenummer, dressierte Pudel mit bunten Kleidchen, die kleine Kunststückchen vorführten. Nach den tanzenden Hunden kam der Zauberer im Frack, der eine Frau in einer Kiste zersägte und daraufhin problem- und nahtlos wieder zusammenfügte. Der Zauberer und seine halbierbare Frau wohnten nicht mit uns im Camp, sondern kamen jeweils kurz vor den Vorstellungen mit dem Auto und verschwanden nach ihrer Arbeit mitsamt ihren Requisiten schnell wieder. Danach der Auftritt der Bären und Tiger, angeleitet von ihren indischen Vorturner.

Nach den großen Tieren folgte, wie üblich, die Luftnummer am Trapez, danach die drei Jongleure. Das Programm lief in einer Reihenfolge ab, die alle seit Jahren kannten. Tusch!

Zum Schluss die Abmoderation des Herrn Tahsin, im Frack:

»Vielen Dank, dass Sie zu uns gekommen sind ...«, langweilige Abmoderation, Trommelwirbel, Flutlicht und Verfolger aus, Schluss, »... wünschen ihnen einen sicheren Heimweg!«

Schon der Anfang im Zirkus war schrecklich. Glaubte ich noch zu Beginn, die richtige Wahl getroffen und eine passende Position für ein Jahr oder länger gefunden zu haben, erlebte ich schnell, dass sich mein neues Leben nicht wie erwartet entwickeln würde. Meine Aufnahme in den Zirkus und die ersten Begegnungen mit den Artisten waren frostig und abweisend. Die menschliche Umgebung war nicht entgegenkommend oder partnerschaftlich, und das wurde mit der Zeit nicht besser.

»Wir brauchen keine neuen Musiker«, sagte der Direktor. Ich solle lieber als Musik-Clown auftreten, so einen Hanswurst könnten sie noch gebrauchen.

»Wir suchen schon lange einen Kerl, der vielerlei Instrumente spielt und die Leute mit Klamauk zum Lachen bringt, während die Helfer die Raubtiergitter auf- oder abbauen oder die Sicherheitsnetze spannen, einen Pausenclown eben.« Er wiederholte: »Das Wichtigste ist es, die Leute zu unterhalten und abzulenken. Insbesondere beim Umbau, wenn in der Manege nichts passiert, oder, noch schlimmer, wenn etwas passiert, das nicht im Programm vorgesehen ist, dann ist das deine Rolle, dort sofort einzugreifen.«

Mein Auftritt war also eine kurze Zäsur, eingeschoben zwischen den großen Nummern oder während das Publikum von den harten Holzbänken aufstand, um vor dem Zelt Eis am Stiel oder Coca-Cola zu kaufen oder sich im Toilettenwagen kostenpflichtig zu erleichtern.

Tage später traf ich den Trompeter aus der Zirkuskapelle, einen dürren Fiesling, dem die musikalische Untermalung der akrobatischen Schaustellung oblag. Er erklärte in einem herablassenden Tonfall: »Du, lauf' einfach in der Manege rum und mach' ein dummes Gesicht dazu. Das reicht schon, um die Leute zu unterhalten. Das kann doch jeder, du auch. Wenn es länger dauert, dann musst du halt die Leute irgendwie bei der Stange halten, klar?«

Ich kannte den Kerl von irgendwo. Unsere Wege hatten sich schon einmal gekreuzt. »Immer mit Musik. Immer lustig, du verstehst?«, legte er nach, während ich nachgrübelte, wo ich diese schnodderige Visage schon mal gesehen hatte. Irgendwo auf der Kirmes? Nein.

Ich widersprach erst einmal nicht. Vielleicht, so hoffte ich, könnte Donatella geschickter verhandeln. Sie hatte einen guten Draht zum Direktor.

»*The show must go on*«, sagte Tahsin al-Zahawi, der Direktor in seiner imitierten arabischen Aussprache, die in der Situation kein Lächeln wert war. Er selbst bot eine lebende Darstellung von »*the show*«, seine Kleider, die er vor Jahren aus irgendeinem Theaterfundus gestohlen oder ersteigert hatte; »*must go on*«, mit seinen dünnen Beinchen, seiner Gestalt, die kaum einem stärkeren Windstoß oder Starkregen standhalten konnte. Da stand er. Er war der Direktor. Der oberste Herr und Meister in dieser der Anstalt für Kleinkunstunterhaltung. Er hatte die Hand auf der Kasse und er war der, der alle antrieb und – wenn er wollte – von einem Piedestal zum Nächsten springen lassen konnte.

Seit einigen Jahren hatte er die Dressurnummer mit den Tigern und Bären an den jüngeren Sanjay abgegeben. Die angeblich so wilden Raubtiere ließen sich früher vom Direktor beherrschen und folgten seinem Kommando, genau wie alle anderen in diesem Zirkus, den er dirigierte. Es gab Gerüchte, dass er den wilden Tieren heimlich Haschisch ins Futter gemischt hatte, um sie freundlicher zu stimmen und damit sein Ego größer erscheinen zu lassen. Keiner der Kollegen war freimütig genug, darüber zu sprechen. Ich stelle mir ein Bild vor: »Der Zirkusdirektor mit seinen Raubtieren«, die locker auf dem Teppich hinter ihm hingeflätzt lagen, lieb in die Kamera blinzelten und von Acid Rock oder Jimi Hendrix träumten. Trotz aller Verkleidung und des angelernten Dialekts, war und blieb er das dürre Männchen, die Krämerseele, die abends die Kasseneinnahmen zählte (und dann ein zweites Mal nachzählte), der Kleingeist, der zurückgezogen in seinem Wagen wohnte, der Kauz, der alleine aß, der alte Krauter, der niemand an sich heranließ.

Donatella half dem Direktor beim Geldzählen und unterstützte ihn, seine Rolle zu spielen. Die beiden, das hagere Männchen und die große Frau, harmonierten in einer eigenartigen Weise. Es gab Gerüchte, dass Donatella die uneheliche Tochter von Tahsin sein könnte. Eine Geschichte von einem winterlichen Gastspiel in Bottrop als der Zirkus noch in der Form eines kleinen Wandertheaters und ohne Tiere durch die Provinz tingelte.

Mir war es zugefallen, in der Rolle eines Clowns Kleinkunst darzubieten, das Publikum zu unterhalten und abzulenken. Kleinkunst, damit bezeichnet man Werke der zehnten Muse: Vorführungen von Comedy, Chanson, Puppenspiel, Pantomime, Stegreifkomödie, Lesung, Erzählkunst, Jonglage, Zauberei, Showhypnose, Straßen- und Marionettentheater. Meine Nummer war das kleinste der Kleinkunststückchen.

Wie sollte ich es anstellen, als Neuling im Zirkus und als Quereinsteiger in das reisende Showgeschäft lustig daherzukommen? Mein Vorleben und die Berufserfahrung als mittelmäßig erfolgreicher Kirmes-DJ half mir dabei nicht weiter. Ein Vorgänger, dem ich nicht mehr begegnete, hatte sechs Seiten mit fotokopierten Notizen hinterlassen. Darin war die Abfolge der Vorführungen beschrieben, die Höhepunkte der Show und nützliche Hinweise darauf, was beim Auf- und Abbau zu beachten sei. Dennoch fehlten Musik, Noten und Ratschläge, welche Themen er zu den jeweiligen Pausen gespielt hatte.

»Lass dir was einfallen, du bist doch Musiker, Mensch!«, sagte der Boss.

Zu der neuen Kleinkunst, die ich nie gelernt hatte, wurde verlangt, mich zu schminken und ein Clownskostüm zu tragen. Ich war in der Pflicht, Witze zu reißen und – um jeden Preis – froh und wild vergnügt auszusehen. Lustig daherkommen – jawohl – das ist die strikte Anweisung vom Direktor!

»Einen traurigen Clown brauche ich nicht«, sagte Tahsin. »So eine verfehlte Trauerfigur hatten wir früher mal engagiert. Das hat damals kein glückliches Ende genommen«, und schnitt dazu ein vielsagendes Gesicht, wobei er seine Augen nach oben, in das Zelt richtete, als ob er dort die Seele des traurigen Clowns vermutete. Was war meinem Vorgänger zugestoßen? Oder hatte er etwas Besseres gefunden und die Clownlaufbahn aufgegeben? Ich dachte lange über diese Unterhaltung nach, die wie eine Drohung klang.

Eigentlich wäre es an der Zeit gewesen, alles hinzuschmeißen und aus dem Zirkus auszusteigen. Andererseits, so dachte ich, könnte ich auch noch abwarten, wie sich alles weiter entwickeln würde, auch Donatella zuliebe. Mein Zeitplan mit Uni und Abschluss war sowieso längst nicht mehr einzuhalten. Dieser Zug war abgefahren. Es zeigte sich bald, dass dieser Zirkus, weder eine Verbesserung unserer wirtschaftlichen Situation war und erst recht keine fantastische Zukunft in Aussicht stellte.

Die ganze Klitsche war in jeder Hinsicht heruntergekommen. Alles war alt, abgenutzt, tausendmal auf- und abgebaut, improvisierte Verbindungen, geflickte Seile, alte Wohnwagen, Fahnen, die von der Sonne ausgebleicht waren. Die Tiere bekamen vergammeltes Futter, Schlachtabfälle oder modrig-stinkendes Heu und davon auch noch zu wenig. Es gab keine Elefanten mehr wie vor drei Jahren. Nach den Elefanten waren dann die Pferde durch kleine Ponys und später durch ein Maultier ersetzt worden, weil sie bejahrt und in ihrem Alter kein erfreulicher Anblick mehr waren. Auch das Maultier lahmte wie die letzten Pferde, bevor es an den Schlachter verkauft wurde. Dem Direktor lag daran, Futterkosten zu sparen. Zwei Bären und zwei Tiger, einer davon kränkelnd, waren der traurige Rest der wilden Raubtiergruppe. Ein erbärmlicher Anblick.

Abseits der hellen Eingangs- und Zeltbeleuchtung, die den Vorplatz überstrahlte und wenigstens am Abend in einem vielversprechenden Licht erscheinen ließ, war alles in einem bedrückend prekären Zustand. Die Besucher durften das nicht mitbekommen. Sie waren gekommen, um ihre eigenen Probleme zu vergessen, oder die Kinder für eineinhalb Stunden vom Nörgeln abzubringen. »*The show must go on!*« Nein, der heruntergekommene Amüsierbetrieb erregte nur Mitleid.

Eine charmante Frau aus dem Zirkus, die ich vorher nicht weiter beachtet hatte, nahm mich an einem Nachmittag beiseite und machte sich die Mühe, mir Kniffe für meinen Pausenauftritt zu zeigen und meine Nervosität in den Griff zu bekommen. Die Frau, die mit mir sprach, hatte die erste Nummer, die Hundeshow.

»Es kommt nicht darauf an, *was* du machst, sondern darauf, *wie* du es machst«, klärte sie mich auf. »Es ist wie in der Musik. Es gibt keine falschen Töne, es kommt nur darauf an, welchen Ton du danach spielst.«

Sie hatte recht, ich kannte das Zitat von Miles Davis und das überzeugte mich. Wir hatten etwas Gemeinsames gefunden. Eine Geistesverwandtschaft? Ihr Wesen und ihre Art zu sprechen verbreiteten Gelassenheit und tiefe innere Harmonie in einer Weise, die ich vorher nicht gekannt hatte.

»Such' dir irgendwo ein ruhiges Eck und stell' dir deine Rolle vor. Dann mach' die Augen zu und denke an das Schlimmste, was dir bei deiner Show passieren könnte.«

»Und? Ist das alles?«, frage ich sie.

»Du wirst es sehen«, sagte sie im Weggehen.

»Du kannst alles und du kannst sein, was du willst. Alles, was du brauchst, ist in dir drin.«

Es war an der Zeit, ihre Pudel zu füttern und für die nächste Vorstellung zu kämmen, zu bürsten und zurechtzumachen.

Diese Begegnung mit Shabari (ihren Namen erfuhr ich erst später) half mir, mich in der Rolle des Clowndarstellers zurechtzufinden und mit meinem Leben im Zirkus einigermaßen zurechtzukommen. Als Pausenclown stand ich in der Hierarchie weit unter den Musikern, die meinen Klamauk jederzeit und aus schierer Bosheit mit einem Tusch oder Trommelwirbel unterbrachen, wenn ihnen danach war.

Ich fasste noch einmal Mut. Mein allerletzter Versuch, die erneute Bitte an Direktor Tahsin, doch bitte in die Riege der Musiker aufgenommen zu werden, schlug zum zweiten Mal fehl.

»Die Musiker sind viel besser mit dem Programm vertraut, die kennen jeden Gag und alle Tricks, auch die, die du gar nicht kennst.« Er schüttelte den Kopf. »Es ist wichtig, im richtigen Moment auf die Trommel zu hauen, das verlangt die Dramaturgie der Nummern. Wir haben das lange probiert und geübt.« Unverblümte Ablehnung. Er legte nach: »Du bist neu hier, du kennst das gar nicht.« Er nahm mich nicht

ernst und vertröstete mich mit fadenscheinigen Aus-
reden auf irgendwann einmal.

Im gesamten Programm, das früher einmal ganz
gut gewesen sein musste. Jetzt war jeder Auftritt,
jede Darbietung glanzlos und langatmig. Die Akteure,
Jongleure, Dompteure, Trapezartisten, waren von
Tahsin mit klaren Worten angewiesen, ihren Akt so
lange wie möglich zu strecken, um die gesamte Vorstellungen auf mehr als eine Stunde auszudehnen.

»Die Leute sollen etwas für ihr Eintrittsgeld zu
sehen bekommen«, meine er. Aber wir hatten schlicht
und einfach nicht genug zu zeigen, um eine große
Veranstaltung zu füllen. Zu wenig Geld, zu wenig Artisten, zu wenig von allem. Prekär in jeder Hinsicht.
Nun gut, die Trapezleute konnten endlos schwingen,
sich noch öfter verbeugen und am Ende noch länger
lächeln. Aber was sollte ein Clown anstellen, um
langsamer lustig zu sein?

»*The show must go on*«, schön betulich aber nicht
schleppend, *lento ma non grave,* also jetzt ohne
Donatellas »Huuiiihh«.

Für die große Pause war wenigstens eine Viertelstunde vorgesehen, gerne zwanzig Minuten und länger, wenn sich die Besucher derweil mit Snacks,
Softeis und der Tierschau beschäftigen ließen. Snacks
und Toilettenbuden trugen zusätzliches Geld ein.

Um mehr Geld in die Kasse zu bringen, zog man
in Betracht, Sponsoren einzuladen und im Gegenzug
für deren Produkte im Zirkus zu werben. Tahsin führte die Verhandlungen mit den möglichen Geldgebern
und Donatella, die die Kasse unter sich hatte, versuchte ihr Bestes in die Geschäftsbesprechungen ein-

zubringen. Sie hatte das Geschick, Menschen zu überzeugen, das zu tun, was sie anfangs nicht vorhatten. Ich kannte das. Dona plapperte aus, dass Tahsin Überlegungen angestellt hatte, nachmittags für Kinderschokolade oder Frühstücks-*flakes* werben zu lassen. Der Clown, also ich, sollte dann vor und nach jedem Auftritt den Slogan in den Zuschauerraum rufen: »Von Breitenmacher!« Der Sponsorenvertrag kam nicht zustande. Sie überlegten weiter, für welche Produkte man in einem Zirkus sinnvoll werben konnte, und suchten nach einem griffigen Reklamespruch: »Wohlfühlfutter für dein Pferd« – wir hatten keine Pferde mehr. Verkauft, geschlachtet. Wie wäre es mit: »Gesundes Gleichgewicht« – vor der Hochseilnummer, geschmacklos. Werbung für Hundefutter in Dosen? – Besser nicht, es erinnerte wieder an die geschlachteten Pferde, die jetzt als Hundefutter in Dosen verpackt im Regal lagen. Das wochenlange Nachdenken und die fleißige Suche nach einem geeigneten und willigen Investor hatte zu nichts geführt.

Donatellas Wohnwagen, die alte Kiste vom Fahrgeschäft, war am Ende doch nicht mit den anderen Wagen und Containern des Scooterbetriebes verkauft worden, wie wir es im Spätherbst vorgesehen hatten. Nachdem die Schulden bezahlt waren, blieb sogar ein kleiner Teil des Verkaufserlöses aus Donas Fahrbetrieb übrig. Das neue Geld hatte gereicht, um den Wagen in den Zirkusfarben frisch anzustreichen und einen fabrikneuen Herd samt Heißwasserbereiter einzubauen. Den Sicherungskasten hatten wir neu verkabeln lassen. Wir aßen immer noch die gleiche gefrorene Pizza, jetzt im neuen Herd aufgewärmt, bezahlten zusammen die verbrauchten Propangasflaschen, die Wäsche und die Reparaturen am Wagen und schliefen weiterhin im selben Klappbett. Unser gemeinsames Leben war nur Alltag, in dem uns die Erfordernisse des Tagesablaufes zusammenhielten.

Mit der Zeit musste ich erkennen, dass Donatella im Zirkus bei dem indischen Raubtierdompteur Sanjay einen neuen Sinn in ihrem Leben gefunden hatte. Sanjay war der nette junge Mann mir dem Turban, der im Herbst mit uns die Transporte des Autoscooters und des Zirkus' aufeinander abgestimmt hatte.

Ich bemerkte, wie Donas Augen mit einem gewissen Wohlgefallen auf dem Tierbändiger ruhten und dass sie mir inzwischen kaum mehr Gefühle entgegenbrachte. Ich musste herausfinden, ob sie ihre versteckten Neigungen bei dem peitschenschwingenden Dompteur in jeder Hinsicht befriedigt fand. Donatella gab sich keine Mühe, ihre Beziehung zu dem Dompteur zu verheimlichen. Die Arbeiter und Artisten im Zirkus wussten davon, aber sprachen in meiner Gegenwart nicht darüber, denn Donatella rangierte in der Rangordnung des Zirkus zu weit oben. Sie stand Tahsin nahe und jeder der Artisten und Helfer bekam seine Gage oder seinen Arbeitslohn von ihr persönlich, bar auf die Hand gezählt. Über Menschen, die Macht und Geld in der Hand haben, witzelt man nicht – über Pausenclowns schon eher.

Ich begann zu trinken, um mir das festgefahrene Leben erträglicher zu saufen. So gelang es mir, Abstand zwischen mir und der Realität zu schaffen. Ich wusste, als Clown war ich weder spaßig noch amüsant; unterhaltsam höchstens, wenn ich mal wieder die falsche Melodie spielte und dazu eine Grimasse zog.

Nur Shabaris wohlmeinender Rat: »Höre auf dein Inneres und lebe danach«, half mir, die vertrackten Umstände zu ertragen.

Meine Zirkuskollegen, die mich nie richtig aufgenommen hatten, sahen in mir nur einen Sonderling, der zusätzliche Arbeit bereitete, aber kaum zum Umsatz beitrug. Ich war überflüssig und entbehrlich. Ich war allein, isoliert und fühlte mich zunehmend einsam. Donatella verbrachte kaum mehr Zeit in unserem Trailer und mit mir. Sie hatte jetzt andere Prioritäten.

Musik bei den Zirkustieren

Obwohl die Zirkustiere mich zu mögen schienen, hielten sie sicheren Abstand zu mir. Sie hatten Scheu vor den Menschen, die sie gefangen hatten und die sie, wie Sanjay, mit Feuer und Angst gezwungen hatten, das zu tun, was sie nicht wollten.

Eines dieser unfrohen Biester hieß Jegor, ein Tiger, der vor neun Jahren in Indien gefangen und ohne die erforderlichen Papiere ins Land gebracht worden war. Er war ein illegaler Migrant, nicht entwurmt und ohne die notwendigen Impfungen. Ein Einwanderer kommt in ein Land, um zu bleiben, ein Migrant kommt und geht wieder. Jegor konnte nicht mehr weggehen. Die bittere Ironie: Jegor litt an der Tigerkrankheit, ein langsam fortschreitendes Leiden, das ihm große Schmerzen bereitete und seinen Körper versteifte. Er magerte ab, selbst dann noch, als man ihn gut und reichlich fütterte. Die Futterkosten für das leidende Tier waren hoch und stiegen jeden Monat weiter. Sanjay wusste von der Erkrankung, Tahsin noch nicht. Es war absehbar, dass Jegor bald nicht mehr in der Lage sein würde, zur billigen Belustigung des einfältigen Publikums durch brennende Reifen zu springen.

Trotz ihres Misstrauens gelang es mir, mich im Laufe der Zeit mit den Tigern und Bären anzufreunden. Ich empfand Mitleid für die gefangenen Zirkustiere, die ihre Tage in viel zu kleinen Käfigen zubrachten und miserablen Fraß vorgeworfen bekamen. Die Lebensumstände der Käfigtiere waren mit meiner Situation im Zirkus in gewisser Weise vergleichbar. Es wurde Gewohnheit, abends die Ställe meiner Geistesbrüder zu besuchen. Ich sprach zu den Tieren und verweilte gerne bei den Bären. Ein paar Mal brachte ich mein Instrument mit. Vor allem den Bären schienen die Töne aus meinem Saxofon zu gefallen. Bei den Bariton-Noten aus dem untersten Register wurden sie ruhig und liefen nicht mehr nervös und sinnlos hinter den Gittern von einem Eck zum anderen. Bei den hohen Tönen und richteten sie ihre Ohren aufmerksam zu mir. Hörten sie meiner Musik zu? Der tägliche Umgang und der Anblick der unglücklichen Zirkustiere ließen mich weiter in Trübsinn versinken.

Niemand vermisste mich nach der Vorstellung, kein Mensch suchte nach mir. Auch Donatella nicht. Sie beschäftigte sich um diese Zeit auf eine andere Weise. Jeden Abend, nach der letzten Vorstellung, oft

noch bevor ich mir das weiße Clownsgesicht abge-
schminkt hatte, setzte ich mich mit Flasche und Instrument in der Dunkelheit hinter den Käfigwagen
nieder. Unter keinen Umständen durfte man mich
dort sehen. Ein Clown muss gute Laune verbreiten,
Späße reißen, »*the show must go on!*« Ein betrunke-
ner Clown in der Wohnwagenstadt, hinter den Tier-
gehegen, passt nicht in das frohgemute Bild eines einfältigen Spaßvogels.

An Nachmittagen, wenn keine Vorstellungen oder nur
Übungsstunden vorgesehen waren, war ich mehr als
einmal Gast zum Tee im Wohnwagen bei Shabari,
obwohl meine Besuche so gar nicht auf Donas Zustimmung trafen. Shabari war eine Frau in dem goldenen Lebensabschnitt, in dem ihr tatsächliches Alter
unmöglich zu erraten war. Sie war schlank und erschien groß, viel größer als ihr Wuchs, denn sie ging
aufrecht und setzte ihre Schritte sanft hintereinander,
wie ein Tiger auf der Pirsch. Sie hatte ihr schwarzes,
feingelocktes Haar, in dem einige graue Haarstränge
Kontrast boten, meist zu einem Knoten zusammenge-
fasst. Ich malte mir aus, dass sie in ihren jungen Tagen eine Tänzerin gewesen sein mochte.

Sie selbst lebte und dachte in der Gegenwart. Sie
hing nicht an der Vergangenheit und sorgte sich nicht
um die Zukunft. Nie sprach sie von ihrem Vorleben
oder darüber, wie sie zum Zirkus gekommen war und
ob sie früher eine Familie gehabt hatte, Kinder, oder
einen Kreis lieber Freunde. Man munkelte, dass sie
mit Tahsin verwandt sei, eine Halbschwester oder

Cousine. Mag sein, aber Tahsin und Shabari unterschieden sich in vieler Weise.

Shabari hatte immer Plätzchen im Schrank und ihr Radio spielte Sender mit beruhigender indischer Musik, selbst in solchen Gegenden, in denen das Radiosignal ihres Lieblingssenders nicht zu empfangen war. Ihre dressierten Pudel lebten mit ihr im Trailer und nicht in Käfigen wie die anderen Tiere. Die Hunde lagen meist brav und entspannt im hinteren Teil des Wohnwagens, der mit den bunten Teppichstücken ausgelegt war. Wenn sie nicht schliefen, schien es, sie folgten unserer Plauderei.

Shabari konnte alles, und in ihrer Welt wendete sich jede Sorge zum Guten. In ihren Sphären herrschte Harmonie und Frieden. Ich beneidete sie um ihre innere Ruhe. In den Momenten bei Tee und honigsüßem Gebäck schien das Weltganze in einer lieben Hand zu liegen, die alles klug und weise lenkte. In Shabaris Beisein verschwanden alle Ängste. Ich fühlte mich wohl bei ihr, wie ein Hund, der nachts durch regennasse Straßen gelaufen war und dann im warmen Zimmer Fell und Pfoten getrocknet bekommt.

Um Donatella nicht zu begegnen, ging ich nicht zu unserem Wohnwagen, sondern zu meinem gewohnten Platz im Dunkeln hinter den Tierkäfigen. Die schwüle Frühsommerluft lag immer noch schwer auf dem nassen Zeltdach, den Wagen dahinter. Der Geruch der Tiere lag in der Luft und war aus der Ferne wahrnehmbar. An meinen Schuhen klumpte rote Erde vom Vorplatz und Sägestaub aus der Manege. Im

Saxofonkoffer lag, in braunes Papier verpackt, eine angefangene Flasche Schnaps, lauwarm.

Der Herr Direktor hatte mehr Abwechslung im Programm gefordert und ich nutzte diese Momente der Ruhe, um andere Musik auszuprobieren und meine Gedanken zu zerstreuen. Nach einem Schluck aus der Pulle steckte ich das Mundstück auf mein Saxofon und probierte eine neue Melodie, die mir schon lange im Kopf herumging. Es war eine abfallende, melancholische Tonfolge, die ich bei Shabari im Radio gehört hatte. Ich dachte, dass die Weise gut zu meiner traurigen Nebenrolle passte. Ich probierte die Melodie in verschiedenen Tempi und Phrasierungen, wobei ich spürte, wie sich die Spannung wohltuend von meiner Seele löste. War es die Musik oder der warme Schnaps?

»Das klingt schön, das habe ich im Zirkus noch nie so gehört«, sagte eine Stimme nahe neben mir. »An manchen Sommertagen, wenn die Fenster offen sind, kam das Lied im Radio.«

Die Stimme, männlich, die da sprach, war ganz in meiner Nähe, neben oder hinter mir aber nicht sichtbar. Ich lehnte mich weit zurück, um durch das Gitter des nächsten Käfigs zu sehen. Dort war Bjarki, der Bär, eingeschlossen.

Nochmal: »Das war wirklich schön.«

»Wer ist da, wer spricht da, was ist das?« Ich hatte keine Angst vor der Stimme, befürchtete aber, dass ich die Gaukelbilder meines eigenen Hirnes sprechen hörte.

Wieder die Stimme: »Ja, ich kann sprechen, aber ich habe schon lange nichts mehr gesagt, seit ich hier gefangen bin.« Es war Bjarkis Stall und Bjarkis Stimme.

»Ja, ich weiß, ich habe dich erschreckt, es tut mir auch leid, das wollte ich nicht so.«

Ich freute mich: »Hey, alter Schwede, cool, dass du mit mir redest, ich dachte schon …«

»Ja, ich kann sprechen, aber nicht alle Menschen können mich hören. Du bist was Besonderes. Die aus der anderen Welt können mich hören, aber mit denen will ich nicht reden, mit Geistern habe ich nichts am Hut.«

Bjarkis Stimme klang rau und zögernd und wie jemand, der lange Zeit kein Wort mehr gesprochen hatte.

»Ich habe dir seit Wochen gerne zugehört, wenn du dich zu uns hinter die Ställe verkriechst und in dein Instrument bläst. Das klingt so grundverschieden von der Musik in der Manege, zu der wir jeden Tag tanzen und hüpfen müssen. Wir Tiere haben keinen Platz, keinen Winkel, in den wir uns wie du zurückziehen können, um allein zu sein. Die Menschen haben alle ihre eigenen Wohnställe.«

»Ja, wir haben nur die schmalen Käfige. Da ist es im Winter kalt, im Sommer regnet es rein, alles ist nass«, mischte sich eine andere Stimme in unser Zwiegespräch. »Ich habe Rheuma, meine Gelenke schmerzen«, jammerte sie.

Es war Jegor, einer der beiden Tiger. Die Tiger-ställe waren weiter hinten aufgestellt, dort, wo die blauen Planen den Regen nicht mehr richtig abhielten.

»Bevor sie mich fingen und versklavten, hatte ich ein gutes Leben. Ich war frei und hatte gutes Essen und eine Freundin. Sag' ehrlich: Ein Leben hinter Gittern, die auch noch im Regen stehen, und zweimal am Tag durch Feuerreifen hüpfen, das passt doch nicht zu einem Bengal-Tiger? Ich bin krank und ich möchte eine Medizin gegen das Leiden. Zu Hause hätte ich im Wald ganz leicht eine Arzneipflanze gefunden, aber hier? «

Auch Bjarkis Rede kam jetzt in Schwung: »Zwei Vorstellungen am Tag und dann die blöde Tierschau am Nachmittag, bei der wir von dämlichen Kindern begafft und mit Popcorn beworfen werden, oder – noch beschissener – mit Lakritze, die tagelang im Fell klebt.«

»Ach, da ist was, was ich dir unbedingt sagen will«, flüsterte der Bär, um nicht von den Tigern belauscht zu werden.

»Noch was: Hüte dich vor Katzen, allen Katzen, auch den Tigern hier, ja? Die wollen dir ans Leben, früher oder später.«

»Danke für den Hinweis!«

Die Zeit war gekommen, mich zu verabschieden, Bjarki war mittlerweile zu schwatzhaft geworden. Warum sollten Katzen mir nach dem Leben trachten? Unsinniges Gewäsch! Ich schob den Gedanken beiseite und nahm mir vor, nicht weiter darüber nachzudenken. Bjarki hat sich sicher über unsere Begegnung gefreut, nach langer Zeit wieder eine Unterhaltung zu führen. Es schien ihm unwichtig, ob er mit einem anderen Bären oder einem Menschen plauschte. Nur mit den Erscheinungen aus der jenseitigen Welt wollte er nichts zu tun haben. Konnte Bjarki in der Tat Geister sehen, die Gestalten, die für Menschen sonst immer unsichtbar bleiben? Gibt es überhaupt so eine übersinnliche Welt? Und falls es sie wirklich geben sollte, wo ist die und wie kann ich mir sie vorstellen? Ich verfolgte den Gedanken eine Zeit lang und beschloss am Ende meines Nachgrübelns, dass da, wo man nichts sieht, nichts hört, wo man nichts messen kann, auch nichts sein kann. Basta!

Müde, schwer und benommen schlurfte ich heim, zurück zu unserem Wohnwagen; unerheblich, ob Donatella dort auf mich wartete oder ihre Nacht wieder woanders verbrachte. Ich bangte auch nicht um mein Leben in der Sorge vor Tigern oder Katzen, die mich verfolgten. Mein Verlangen war Schlaf, lange und tiefe Ruhe; einschlafen ohne Aufwachen.

Unruhe im Zirkuscamp

Es begann in einer fremden Stadt, von der ich nur den Güterbahnhof kannte, weil dort unsere Wagen ankamen und abgeladen wurden, und den Schlachthof, weil ich dort an zwei Tagen die stinkenden Abfälle als Tierfutter für den Zirkus abholen musste. Eine gesichtslose Stadt, die überall im Lande stehen konnte, ein Ort, den ich vergessen hätte, hätten dort nicht sonderbare Zwischenfälle begonnen. Seit dieser Stadt entfaltete sich eine eigenartige Unruhe im Camp, ein tief reichendes Unbehagen, eine nicht alltägliche Beklommenheit, die spürbar, aber nicht nachvollziehbar war. Inzwischen, hatte der Zirkus vier verschiedene Städte bespielt, viermal aufgebaut und dreimal abgebaut. An jedem neuen Spielort verlangte Tahsin, der Direktor, eine andere Gruppierung für den Aufbau der Wohnwagen, Käfige, Werkstattwagen und des gesamten Lagers.

Der Grund waren unerklärte Vorfälle, die sich in der Regel nach Mitternacht ereigneten. In einer Nacht heulten die Tiger stundenlang laut und wie verstört und waren nicht zu beruhigen. Ein andermal war das Fenster am Futterwagen gewaltsam aufgebrochen und die Fleischbrocken, die für die Fütterung am nächsten Tag bereitlagen in geometrischer Form am Boden ausgelegt. Die Generatorenanlage und die daran angeschlossene Stromversorgung zeigte Störungen, die technisch nicht zu begründen waren. Maschinen liefen von alleine an, Glühbirnen explodierten wie von selbst, das Licht flackerte oft und in einer Weise, Vorgänge, die rein technisch unmöglich mit Bosheit oder Sabotage zu erklären war. Begreiflicherweise ging man davon aus, dass einer der Artisten oder der fremden Hilfskräfte hinter dem Schabernack stecken könnte.

Im Hinblick auf die Erscheinungen schien es fraglich, ja vielleicht sogar gefährlich, die gewohnten Vorstellungen für das zahlendes Publikum zu geben. Andererseits, die Spukerscheinungen geschahen nie während eines Auftritts oder zur Pausenzeit. Manche behaupteten, in jeder Stadt, in der wir gespielt hatten, einen gelben Hund, der nicht zu unserem Tross gehörte, gesehen zu haben. Es gab keine zuverlässigen Beobachtungen, nur Gemunkel und Hören-sagen. Niemand hatte mitbekommen, woher der Hund kam und wohin er verschwand – falls es ihn überhaupt gab.

Jetzt war jeder Umzug, jeder neue Aufbau anders angelegt und die Ordnung, die sich seit Jahren als sinnvoll und nützlich erwiesen hatte, war durchbrochen. Nichts blieb wie vorher. Es fehlten Kabel oder sie waren jetzt zu kurz, Durchgänge waren von anderen Wagen verstellt, kurzum, es herrschte Unordnung, Chaos. Alle, die mit dem Aufbau zu schaffen hatten, waren müde, erschöpft und gereizt. Es fielen grobe Worte, die nicht selten zu Streitereien führten. Der Betrieb war aus dem Tritt gekommen. Jede weitere Sichtung des Hundes, jedes Gerücht um sein erneutes Auftreten führte zu einer noch größeren Welle von Angst und Durcheinander.

Wir probten nur noch unregelmäßig am Vormittag. Früher übten wir an jedem zweiten Tag und an jedem ungeraden Kalendertag, vorausgesetzt, dass das große Zelt schon aufgebaut war. Ohne die nötige Geübtheit wurden die Vorstellungen ungenauer, die Gags trafen nicht mehr. Als Erste bemerkten die Musiker den Wandel. Bald wurde auch ihre Musik schludrig und unachtsam, die *rim shots* auf den Rand der kleinen Trommel, mit denen viele Attraktionen getaktet waren, kamen nicht mehr pünktlich.

Noch besuchten genug Zuschauer unsere täglichen Vorstellungen, aber ihr Lachen, ihr Applaus, der innerste Antrieb aller Akrobaten, Varietékünstler und Gaukler, war kurz und kaum mehr der Rede wert, denn das, was in der Manege gespielt wurde, fesselte sie schon lange nicht mehr. Alle Darbietungen, die die ohnehin prekäre Gesamtlage ständig und nur mit allergrößter Mühe überspielten, waren endgültig verschlissen, seicht und nichtssagend. Der Zirkus hatte seinen letzten Glanz verloren.

The show must go on! – Aber wie?

Mein Fenster zur Realität war blind. Vieles, was auf dem Platz und in der Manege vorging, erreichte mich nicht mehr. Dona sprach nur noch selten mit mir. Meine Auftritte waren ohnehin solo, ich spielte alleine, unabhängig von den anderen Zirkuskünstlern. Die Artisten und die Musiker der Kapelle wichen meinen Blicken aus, vermieden meine Gesellschaft. Ich hatte wenig Freunde in meiner kleinen Welt, außer an den Abenden, die ich plaudernd bei Bjarkis Käfig verbrachte und die gelegentlichen Teestunden bei Shabari, auf die ich mich jedes Mal freute.

Ebenso erreichte mich das Tamtam um den gelbbraunen Hund und die Angst, die er bei Tahsin und den Artisten verbreitete, in meinem Kummer nicht mehr. Shabari hingegen, die Frau mit der Pudelnummer, war von der Erscheinung des orakelhaften Hundes in keiner Weise beeindruckt. Sie schien über allem zu stehen, ihre freundliche Persönlichkeit und Zuversicht war von nichts zu erschüttern. Sie war der gute Engel, der alles, was er berührte, zum Guten richtete. Alleine ihre Gegenwart genügte, um jede Trübsal zu vertreiben. Ich suchte ihre Gesellschaft und schätzte ihre Zuneigung.

An einem unserer Nachmittage frage ich Shabari, ob sie wisse, warum Tahsin die Aufstellung der Wagen bei jedem Umzug neu ordnete. Ich bekam eine klare Antwort:

»Das soll die bösen Geister abhalten«, sagte sie. Ich war überrascht und sprachlos.

»Ja, wusstest du das noch nicht? Tahsin, unser furchtloser Leader und Direktor, hat Angst. Er fürchtet sich vor dem Hund. Er sorgt sich um sein Leben. Er hat wahnsinnige Angst, denn er ist der Älteste bei uns hier«.

Tahsins Vater hatte ihm das erklärt, als er als Junge im kurdischen Irak Ziegen hütete und versuchte, ihnen Kunststückchen beizubringen. Der Hund, erklärte der Vater, ist Aiakos, der treue Begleiter des Fährmanns Chairon, der die Menschen in seiner Fähre über den Fluss Acheron in das Jenseits begleitet. Deswegen fürchten die Menschen den Hund, denn sein Erscheinen kündigt den Tod an. Selbstverständlich wollen alle lange leben, am liebsten ewig. Der Gedanke an den Tod verwirrt die Menschen, denn sie verstehen nicht, was Zeit bedeutet.

»Ein Leben ohne Alter oder ohne Ende hat keine Bedeutung. Erst das Wissen um das Ende macht die Zeit, die mit uns vergeht, wichtig.«

Shabari machte eine lange Pause. Ich dachte an die hundert Seiten, die ich über Zeit und Raum in meiner Diplomarbeit geschrieben hatte; aber zu dieser fundamentalen Einsicht war ich mit meinen Formeln nicht durchgedrungen.

Sie erklärte weiter: »Tahsin weiß, dass es Symbole und Riten gibt, die die Kraft des gelben Hundes aufhalten. Manchmal gelingt es, den nahenden Tod um Monate, ja sogar um Jahre hinauszuzögern. Tahsin kennt die Zeichen und versucht jetzt, die Caravans, Käfige und Wagen in einer bestimmten Form aufzustellen, um das Unvermeidliche hinauszuzögern.«

»Aber was sind Jahre, was ist Zeit, wenn das kommende Ende abzusehen ist?«, fragte ich sie.

»Eben. Oder bei Menschen, die mit Schmerzen auf den Tod warten. Da ist der Tod eine Erleichterung, ein Übergang zu einem besseren Sein. Leben ist nicht unbedingt der bessere Seinszustand. Es kommt halt auf die Sichtweise an, wie man lebt und wie man gelebt hat und dann ...«, ihre Rede brach hier ab. Ich hätte gerne gehört, wie sie das ›bessere Sein‹ beschriebe. Kam aber nicht.

»Du bist doch abends oder nachts immer hinten bei den Tieren«, fragte sie, »da musst du doch den seltsamen Hund gesehen haben, oder?«, und fügte erklärend an: »Diesen gelben Straßenköter, der aus dem Nichts auftaucht, und spurlos wieder verschwindet.«

»Ja, warum?«

»Haben dir die Bären nichts angedeutet? Die Tiere sehen doch mehr als wir Menschen.«

Ich dachte zurück an den Rummel und erinnerte mich an den Hund, der, bevor die Achterbahn am Volksfestplatz einstürzte, nächtens geheult hatte und um die Wagen herumgelaufen war. Und Wochen vorher, der Hund, der in der Dunkelheit der Nacht verschwand, als Kiki Mora im Souterrain über ihren Kater stolperte und dabei tödlich verunglückte. War das nicht auch der Hund, den ich mit Harry gesehen hatte, an dem Abend, als er mich mit dem Taxi zu Marthas Wohnung gefahren hatte?

Ich glaubte nicht an einen Zusammenhang der Ereignisse und ich bemühte mich, der unheimlichen Geschichte keine weitere Bedeutung beizumessen. Und doch gelang es mir nicht, den Gedanken loszuwerden – Kiki, die über ihre Katze gestolpert war, Donatellas Frettchen, der nächtlich streunende Hund auf der Kirmes und Bjarkis unverständlicher Hinweis, mich vor den Katzen zu hüten.

Ich konstatierte, dass von dem streunenden Straßenhund wohl kaum eine ernsthafte Bedrohung für mich ausging. Und wenn schon? Ich war bei Shabari beschützt und behütet. Wenn sie, die alles wusste, wenn sie keine Angst hatte, dann brauchte ich mich gleichfalls nicht zu fürchten. In Shabaris geordnetem Universum gab es keine irrlichternden Geister und keine felinen Tiergestalten, die mein Leben bedrohten, und mehr wollte ich nicht wissen. Ich brauchte Shabaris Ruhe und ihre Zuversicht, aber nicht noch mehr von dieser Wirklichkeit, von der ich jeden Tag zu viel hatte.

An diesem Abend blieb ich länger bei Shabari; sie erklärte mir, was Chakra bedeutet, sprach vom Wurzelchakra, das uns mit der physischen Welt, dem Irdischen verbindet – ich verstand nichts und umso mehr ergab alles einen Sinn. Ich blieb bis zum Morgen bei Shabari. Sie gab mir Geborgenheit und zum Aufwachen Rauchtee und Toastbrot mit bitter-süßer Orangenmarmelade.

Als ich am Vormittag zu Donatellas Caravan ging, um mich zu waschen und meine Clownmontur, die ich gestern nach der Vorstellung auf unser Bett gelegt hatte, anzuziehen, war Dona nicht im Wagen. Ich nahm an, dass sie die ganze Zeit bei Sanjay verbracht hatte, oder dass sie, wie an jedem anderen Tag, zu ihrer Arbeit in Tahsins Schreibstube aufgebrochen war. Egal.

Nessie kam hin und wieder zu Besuch, alleine – ohne ihren Pete – blieb ein paar Tage und verschwand genauso unvorhergesehen, wie sie hereingeschneit war. Ein einziges Mal fragte ich sie nach ihrem Pete-Missionar.

»Ja, der hat jetzt was Besseres gefunden. Der macht jetzt Seminare. Was mit Persönlichkeitsentwicklung und so. Das bringt mehr ein«, sagte sie, ohne auf Einzelheiten einzugehen.

Diesmal erschien Nessie schon wenige Tage später, morgens im Wohnwagen. Ich war alleine und Nessie unverkennbar in großer Eile.

»Hier, das ist für euch, ihr braucht das jetzt ganzz nötig.« Sie gab mir zwei Tütchen mit einem feinen weißen Pulver. Die gröberen Krümel hatten eine gelbliche Farbe.

»Um Himmels willen, was ist das? Was soll ich mit dem Zeug machen?«

Ich hatte eines der Päckchen aufgedröselt, schnupperte am Inhalt, befeuchtete einen Finger und schleckte an der Substanz. Das Pulver schmeckte nach nichts und roch nach Wald, Tannenbäumen und

Harz. Nach allem, was ich von Drogen wusste, war es keine der gängigen Substanzen.

»Also sag' schon, was ist das für ein Zeug und wozu ist das gut?«

»Das hat mir Pete für euch mitgegeben. Er hat gesagt, das war kompliziert, das zu besorgen«, erklärte sie. »Ihr sollt das auf glühender Holzkohle, aber keinesfalls mit einer Gasflamme verdampfen und damit den ganzen Zirkus ausräuchern. Alles, das Hauptzelt, die Wagen, das Lager, die Käfige. Und ihr müsst das abends machen. Hier, da stehen die besten Zeiten drauf.« Sie gab mir einen Zettel mit der handgeschriebenen Räucheranleitung.

»Ja, schon, aber was soll das bewirken?«

Sie holte tief Luft und begann, wie zu einem Kind zu erklären: »Also, ihr habt doch das Problem mit dem gelben Hund, der hier immer rumläuft und Angst verbreitet. Das Pulver ist eine spezielle Mixtur von Räucherharzen, die dagegen helfen soll.«

Allmählich wurde mir der Sinnzusammenhang klar.

Nessie weiter: »Wir haben damals beim Scooter auch geräuchert, den ganzen Platz, und es hat immer geklappt. Nur das eine Mal nicht, als in der Nacht das Gerüst der Achterbahn zusammengebrochen ist, da ist das nicht so richtig gelungen, wie wir wollten.«

Ich bemühte mich, ahnungslos zu erscheinen, und fragte: »Wie geht das mit der Holzkohle? Wir dürfen hier kein offenes Feuer ...«

Sie, ungeduldig: »Tahsin hat so ein Räucherding aus Blech und Holz und mit arabischen Schriftzeichen drauf und deine Freundin Shabari hat auch eins, eins aus Keramik. Das steht bei ihr auf dem Regal. Frag sie doch einfach, wenn du wieder mal bei ihr übernachtest.« Nessie wusste Bescheid.

»Kriegst du das geregelt mit dem Räucherzeug? Das ist wichtig für euch alle. Ich muss jetzt weiter«.

Als sie gegangen war, zweigte ich eine kleine Menge von dem harzigen Pulver für mich ab und versteckte es in einem leeren Döschen, das ich in meinem Saxofonkoffer hatte. Vielleicht könnte mir das Pülverchen später einmal von Nutzen sein.

Abends gab ich das geheimnisvolle Harzpulver an Donatella weiter, ohne zu erfahren, ob oder wann der Zirkus damit geräuchert würde.

Tod im Zirkus

Es ereignete sich während der schlecht besuchten Abendvorstellung in der namenlosen Stadt. Mir schien, jemand aus dem Publikum riefe meinen Namen:

»Kaspar!«

Ich reagierte nicht auf den Zuruf und blieb in meiner Rolle. Unüberhörbar, lauter und deutlicher, da war es wieder:

»Kaspar, hier!«

Ohne meinen Auftritt zu verändern, versuchte ich aus den Augenwinkeln in die unteren Publikumsränge zu spähen. Nichts.

Später erlaubte das Loch im Vorhang mir noch einen ausführlichen Rundblick auf die Sitzreihen im Zuschauerraum. Wer hatte meinen Namen gerufen? Soweit es die Zeit zuließ, ging ich Reihe für Reihe der Zuschauer durch und suchte nach bekannten Gesichtern. Auf der Gegenseite, über dem Gang, saß eine ältere Frau, die Kiki Mora ähnlich sah. Die Jongleure waren jetzt in der Manege. Das Licht wechselte dauernd und meine Beobachtungen waren nur schemenhaft. Unmöglich, oder doch nicht? Frau Mora war seit Monaten tot, verunglückt, als sie über ihren Kater gestolpert war. In der Sitzreihe darüber saß ein anderer Zuschauer, der mir ebenso bekannt vorkam: Er sah aus wie der schweigsame Herr Asrael. Ein unheimlicher Zufall? Oder doch nur Einbildung? Ich zweifelte an meiner Beobachtung.

Ein gewitterschwüler Tag im Frühsommer. Auch dieser Tag hatte begonnen wie alle Tage zuvor. Die Nachmittagsvorstellung war fast nur von Kindern besucht, denn die Sommerferien hatten angefangen und die Kinder, die nicht mit ihren Eltern wegflogen oder in eine Sommerfrische verreist waren, wurden mit einer Eintrittskarte für den Zirkus vertröstet. Dementsprechend war ihre Aufmerksamkeit. Sie folgten kaum dem Lauf der Vorstellung. Einzig Shabaris Hundenummer am Anfang erntete eine Winzigkeit von Applaus. Das Kinderpublikum war schwer zu begeistern, was im Übrigen auch daran lag, dass sich im Laufe der Veranstaltung ein heftiges Gewitter über dem Zirkuszelt entlud. Die Sturmböen zerrten an den Seilen der Verspannung und die Kapelle bemühte sich vergeblich, gegen den Donner und den Lärm der knallenden Zeltplane anzuspielen. An einigen Stellen tropfte das Regenwasser durch die geflickte Zeltdecke und die Kinder rückten auf den Bänken zusammen.

Tahsin hatte die Dressurnummer mit den Tigern und den anderen angeblich so wilden Bestien ausgesetzt. Er befürchtete, die Tiere könnten sich im Gewitter erschrecken und in ihrer Panik unberechenbar werden. Die Kinder merkten nicht, dass die Aufführung gekürzt worden war.

Ich spielte das Spektakel, für das ich eingestellt worden war. Ich lief im Kreis in der Manege herum, schnitt Grimassen unter der dicken Schicht weißer Schminke und blies von Zeit zu Zeit in mein Saxofon; kurze Melodien, Phrasen, die wie Signale klangen. Wie so oft beachtete das Publikum meinen Auftritt wenig. Regen und Wind übertönten meine Musik.

Nicht einmal die Kapelle, die sonst gerne versuchte, mit einem Tusch oder einem unpassenden Trommelwirbel mein traurig-lustiges Zwischenspiel zu stören, gab sich heute die Mühe, mich aus dem Takt zu bringen.

Während ich weiter im Kreis herumhampelte, waren meine Gedanken bei Shabaris Pudeln und den eingesperrten Tigern und Bären und ich fragte mich dabei, wie sie mit ihrem eingegrenzten Leben zurechtkamen. Abgelenkt durch diese Gedanken stolperte ich und stürzten in das feuchte Sägemehl der Manege. Dem Publikum erschien es wie ein Gag, den Clowns normalerweise machen, ein Teil meiner ohnehin belanglosen Pausennummer, aber nicht für mich! Ich empfand sofort stechende Schmerzen im Fuß, die bis zum Ende der Vorstellung immer qualvoller wurden. Nur mit Mühe und mit zusammengebissenen Zähnen brachte ich meinen Auftritt zu Ende. Ich dachte an Tahsin: »*The show must go on!*«. Selten war ein Mensch inmitten so vieler Leute so einsam wie ich bei meinem Auftritt an diesem Nachmittag.

Zu meiner großen Freude überstand mein Saxofon den Sturz unbeschädigt. Es hatte kleine Beule am Bogen abbekommen und eine Handvoll Sägemehl im Schallbecher. Die Mechanik, die schwer zu reparieren ist, war intakt geblieben und leichtgängig.

Donatella war in diesem Moment ganz und gar nicht einsam, im Gegenteil. Sie erfreute sich mit Sanjay, dessen Tiger-Nummer heute wegen des Gewitters ausgesetzt worden war, an einer anregender Unterhaltung für zwei Erwachsene.

Donatella hatte von meinem Missgeschick von einem Stalljungen erfahren. Später, lange nach der Vorstellung, wartete Dona in unserem Wohnwagen. Sie holte eine Salbe, die sich kalt auf der Haut anfühlte und die Schmerzen in dem verletzten Fuß lindern sollte. Sie wies mich an, mich auf die Couch zu legen, wo sie meine zu großen Clownschuhe aufschnürte und meine weite, schwarze Hose bis weit über das Knie zurückrollte. Behutsam rieb sie eine Salbe um den Knöchel und den Spann.

»Is' ja gut, dass wenigstens nichts gebrochen ist«, sagte sie mit scheinbarem Mitgefühl. »Meinst du, dass du morgen wieder arbeiten kannst, Kleiner?«

Es war mir einerlei. Ich sah durch den weiten Kragen ihrer weißen Bluse neue rote Striemen und frische Wunden auf ihrem Rücken. So hatte sie den Nachmittag verbracht! Das ansehen zu müssen war für mich qualvoller als mein verstauchter Fuß. Warum zeigte sie mir das?

»Soll ich dir gleich auch den Rücken eincremen, du hast doch sicher Schmerzen am Rücken?«, frage ich Dona, um ihr anzudeuten, dass ich genau wusste, wie und wo sie ihren Nachmittag verbracht hatte. Donatella antwortete nicht. Sie sah nur auf den Boden, ohne ihre Haltung zu verändern.

In dieser Stellung verharrten wir schweigend eine Weile in dem gemeinsamen Wohnwagen, bis die Geräusche von draußen anzeigten, dass es an Zeit sei, uns für die Abendvorstellung bereitzumachen.

Der Schmerz in meinem Fuß ließ langsam nach.

Die Vorstellung am Abend verlief normal. Der Schmerz in meinem Fuß war beherrschbar, nicht aber die peinigenden Gedanken. Immer wieder sah ich ihren Rücken mit den roten Peitschenstriemen, und bei jedem meiner Schritte im Sägemehl hämmerte ein einziges Wort in meinem Kopf:

»Warum?«

Schnell waren die Gitter für die Tiger und Bären in der Manege aufgebaut. Ich zog meine Runden in der Manege, wie immer, gegen den Uhrzeigersinn. Ein Auftritt im gegensätzlichen Richtungssinn brächte Unglück, sagte man. Ich erinnerte mich an den Autoscooter, da fuhren wir auch immer gegen den Uhrzeigersinn in der Arena herum. »Das ist besser so«, sagte Dona damals, ohne wirklich mir zu erklären warum.

Sanjay ließ nach dem Gewittersturm am Nachmittag wieder seine Peitsche knallen und die Tiger und Bären standen brav auf den Hinterfüßen, machten Männchen und im weiteren Verlauf des Auftritts Sprünge durch einen brennenden Reifen, zu denen sie gezwungen wurden. Große, starke Tiere, vor denen sich die Menschen fürchteten, die aber nicht einmal den Lauf ihres eigenen Lebens bestimmen konnten.

Nach der Pause, gegen Ende meines zweiten Auftritts, passierte es. Die Helfer bauten gerade noch die Gitter der Raubtiernummer ab und ich drehte die letzte Runde. Ein Tier griff mich mit einem langen Sprung von hinten an. Ich hatte es nicht kommen sehen. Es war Jegor, der Tiger, der immer nach den anderen zurück in seinen Käfig gescheucht wurde, und heute aus dem Gang mit den Gittern entkommen war.

Nur wenige Zuschauer verstanden, was sich am Rand der Manege abspielte. Alles geschah schnell und nahezu geräuschlos. Da war kein Schrei, es dauerte wenige Sekunden, bis Jegor mein Leben beendet hatte. Das perfekte Raubtier. Aber ich war ja gewarnt.

»Hüte dich vor den Katzen, vor allen Katzen«, hatte mir der sprechende Bär ins Ohr geflüstert.

Die Zuschauer merkten nichts und nahmen an, dass das kurze Durcheinander zu meiner unbeholfenen Vorstellung gehörte. Andere, schon unterwegs zur Toilette oder zum Büdchen mit den Süßwaren, nahmen von dem Zwischenfall keine Notiz.

Der Körper des Musik-Clowns war angefressen, angebissen und so schwer beschädigt, dass der Weg zum nächsten Krankenhaus nicht mehr infrage kam. Man bewahrte den Clown – mit weißer Schminke im Gesicht und in Arbeitskleidung, Clownskostüm – im Kassenhäuschen auf, bis die Formalitäten an der Leiche (Arzt, Polizei, Fotos) erledigt waren und man den Körper zum nächstbesten, billigen Bestattungshaus brachte.

Jetzt war kein Pausenclown mehr in der Manege, der die Zeiten der Umbauten mit geistlosen Scherzen ausfüllte. Niemand vermisste den Faxenmacher im Zirkus, sein Tod hinterließ keine Leerstelle, der Hanswurst fehlte keinem. Den Artisten fiel es leicht, die Abendvorstellung ohne meine Witze in den Pausen zu Ende zu bringen.

Der Vertreter des Trauerhauses fragte Donatella, ob sie einverstanden sei, die Extrakosten zu übernehmen, den Clown abzuschminken oder ob sie es vorzöge, die Leiche wie vorgefunden aufzubahren und dann mitsamt seinem bunt bemalten Clownsgesicht zu beerdigen. Im Hinblick auf die Kosten wollte sie eher kein Geld für mich ausgeben. Andererseits es war ihr nicht minder unangenehm, als eine Frau angesehen zu werden, die für ihren toten Lover kein Geld mehr abdrücken wollte.

Der Vertreter des Beerdigungsinstituts roch nach Alkohol, Kümmelschnaps. Es zeigte Donatella die Möglichkeiten auf: Feuerbestattung (frühestens in zehn Tagen, vorher kostenpflichtige Zwischenlagerung), Seebestattung (ein Sammelereignis, wenn genug Ladung für den Kutter zusammengekommen ist, was je nach Saison Wochen oder Monate dauern konnte), Erdbestattung (täglich außer Samstag und Sonntag); unkompliziert, öko-bio und umweltneutral, jeweils mit den verbundenen Kosten und einschließlich der anfälligen Steuer für den Mehrwert der Dienstleistung und das verbrauchte Material. Nach gründlicher Überlegung entschied sich Donatella, ihren erkalteten Lover doch abschminken zu lassen, damit er nicht mit diesem grässlichen Clownsgesicht, das er niemals gemocht hatte, ausgestellt würde und bunt bemalt ins Jenseits übertreten müsste.

Wir hatten niemals darüber gesprochen, ob Dona an ein Jenseits glaubte, einen Himmel oder eine andere Form von Existenz nach dem Tod. Nach all der Zeit, die wir zusammen verbracht hatten, wusste ich nicht einmal, ob sie jemals über solche Themen nachgedacht hatte oder ob sie mit ihrem schlichten Weltbild – »Huuiihh, hier noch geht was« – zufrieden war.

Nach einem Gedankenaustausch mit Shabari entschied sich Donatella, ihren Macker der Erde zu übergeben; eineinhalb Meter tief eingegraben. Klassisch-traditionell und nachhaltig und vor allem billig.

Die vom Beerdigungsgeschäft vorgeschlagene Alternativlösung der Kremation lehnte sie ab: »Das kostet zu viel«, oder »Dauert zu lange«, sagte sie.

»Auf diese Weise hätten Sie ihn allzeit bei sich«, sagte der Trauerhausvertreter, der auf eine höhere Provision bei der Feuerbestattung hoffte. »So kann er bei Ihnen mitreisen und Ihnen immer Gesellschaft leisten.«

Nein, das gefiel ihr nicht. Warum, fragte sie sich, sollte sie meine Aschereste wie eine verbrannte Pizza im Wohnwagen mitführen? Für einen Moment folgte sie dem grotesken Gedanken, was geschehen würde, wenn sie einen Kaktus oder den Samen eines Apfelbäumchens in die Asche pflanzte und den keimenden Topf in den leeren Frettchenkäfig stellte. Möglich, aber etwas schrullig.

Schon in der ersten Nacht nach dem Clowntod gingen im Zirkus Gerüchte um, dass mein jähes Lebensende nicht zufällig gewesen sein könnte. Man hatte verschiedene Male beobachtet, wie Donatella zu Sanjay in seinen Wohnwagen stieg und dort Zeit verbrachte. Sofort wurden Vermutungen ausgesprochen: Hatte Donatella ihren neuen Lover, den Tigerdompteur, manipuliert, eines seiner Tiere auf den Clown zu hetzen? War es Absicht, ein Plot? Wollte man einen Unfall vortäuschen und den leidigen Spaßmacher unauffällig entsorgen?

Ein Unglück aus heiterem Himmel, bei dem ein kranker, alter Tiger einen tapsigen, bunt gekleideten Clown am Nacken gebissen hatte, erschien zweifel-

haft. Zwar war solches Malheur in der Welt der Tierbändiger nicht neu, aber jedem war bekannt, dass der
alte Tiger sich nur mühsam bewegen konnte und sich
bislang niemals bösartig verhalten hatte. Andere äu-
ßerten die Vermutung, dass die Kapelle mitgeholfen
haben könnte. Wollten sie ihren unerwünschten
doch-nicht-Kollegen aus dem Weg schaffen? Spielte
Tahsin, der Direktor, dabei eine Rolle, wusste er davon?

Oder war da gar kein Plan, nur ein Unfall, und es
gab nichts zu wissen?

Der Zirkus wollte weiterziehen, der Kirmesplatz in
der nächsten Stadt war seit Wochen bestellt, gemietet
und bezahlt. Diese Kleinstadt war nicht mehr bespiel-
bar. Niemand kam mehr zu den Vorstellungen, obwohl Tahsin die Eintrittspreise halbiert hatte. Die
Kosten für Tierfutter, Platzmiete und Strom überstie-
gen die Einnahmen von den wenigen Besuchern, die
kamen, um die angeblich tödlich gefährlichen Killer-
tiger anzuglotzen, anstatt dem harmlosen Programm
zu folgen. Wer will schon manierlich dressierte Pudel
in ihren Röckchen hüpfen und tanzen sehen, wenn er
seinen Blick tief in die bernsteingelben Augen einer
mörderischen Bestie versenken kann?

Ein Reporter der Kleinstadtzeitung kam mit Kamera und mit einem Journalistenkollegen und hatte
vor, das, wie sie meinten, todbringende Tier zu foto-
grafieren. Sie fragten, ob eine allgemeine Gefahr für
die Bevölkerung bestünde oder eine Bedrohung für
die Anwohner des Volksfestplatzes. Oder für die Kinder in der Umgebung? Unpassende Fragen, die der

spießbürgerlichen Weltsicht einer Provinzstadt ent-
sprangen. Die Schlagzeile: »Tiger beißt Zirkusclown –
tot!«, hatte noch nie auf der Titelseite der Provinzzei-
tung gestanden. Da lohnte es sich, nachzuforschen.
Was erst, wenn die Reporter das Gerücht vom gelben
Hund erfahren hätten? Aber die Zirkuskünstler sagten nichts zu dem Unfall, nichts über den kranken Tiger und erwähnten mit keinem Wort den orakelhaften Hund. Sie schwiegen über die Unruhe im Betrieb
und verrieten nichts über den eigenwilligen Clown,
der nächtens oft hinter dem Tigerstall in sein Saxofon
geblasen hatte und, wie es schien, mit den Bären par-
lierte. Mein Unfall mit Todesfolge war ein schweres,
aber bei genauerer Betrachtung dennoch nebensäch-
liches Ereignis, denn ich stand in der Rangordnung
des Zirkus-Mikrokosmos ganz unten, eine unwichtige
Figur, die niemand gebraucht hatte.

Der Unfall wäre für den Direktor eine willkom-
mene Gelegenheit gewesen, den Tiger von einem
Tierarzt einschläfern und mit der Begründung weg-
schaffen zu lassen, er sei eine allgemeine Bedrohung
– wenn er Papiere gehabt hätte. Die Ironie der Geschichte: Die Illegalität rettete Jegors trauriges Leben.

Ein toter Bär oder ein kranker Tiger wog für den
Zirkusbetrieb schwerer als ein Clown, der nicht da
war oder der heute mal nicht auftrat. Ich konnte weder schweißen noch die Dieselmotoren der alten
Schlepper für die Fahrt in die nächste Stadt frisch
machen. Ich wusste immer noch nicht, wie man die
Starkstromkabel zusammenschaltete, war zu sensi-
bel, um blutiges Fleisch für die Raubtiere zu hacken
oder Kaninchen und Hühner für die Tiger zu köpfen.

Wegen meiner Höhenangst traute ich mich nicht ins Zelt, um dort oben die Seile und Takelage für die Trapezartisten festzuzurren, ich konnte ja nicht einmal verlässlichen Knoten schlagen. Mein Fach war die Physik. Verzichtbar. Niemand kam zu mir und fragte mich, warum der zweite Hauptsatz der Thermodynamik für alles im Leben wichtig ist, selbst für den Sand und die Sägespäne der Manege.

Anders als die Menschen vermissten mich die Tiere, meine Musik und meine Gegenwart nach der Abendvorstellung. Sie hatten sich daran gewöhnt, mit Musik in den Schlaf gebracht zu werden oder bei den Melodien von ihrer Heimat zu träumen.

Es dauerte drei Tage, bis mein angefressener Körper aus dem Leichenhaus herausgelassen und zur Beerdigung freigegeben wurde, denn mein Tod war kein gewöhnlicher Tod, was verständlicherweise nach einer amtlichen Untersuchung verlangte. Die behördliche Leichenschau fand nichts Außergewöhnliches, sondern, wie erwartet, Kratzspuren und eine tiefe Bisswunde am Hals und tödliche Verletzungen am Nacken, die von einem Tiger oder von einem anderen kräftigen Raubtier stammten. Der Arzt, der den Totenschein ausstellte, konnte die »Einwirkung von Gegenständen« oder einen Sturz ausschließen und attestierte einen normalen Arbeitsunfall: »Letale Durchtrennung und *disjunctio* der *arteria vertebralis* und des *nervus cervicalis*.« – Ein sauberer Biss.

Erfreulicherweise stellte man meine Leiche nicht weiter zur Besichtigung aus, sondern verpackte sie im Kühlhaus in einer biologisch abbaubaren Kiste aus Presspappe, die zudem billiger war als eine Massivholzschachtel. Der Kasten wurde zum Friedhof gebracht, um dort, unter Beachtung der örtlichen Vorschriften, in mindestens 180 Zentimetern Tiefe unter der Grasnabe vergraben zu werden.

Die für mich vorgesehene Grube lag in einem neuen Teil der Anlage, dort, wo die Laubbäume, die die Grabhügel beschatten sollen, noch nicht hoch gewachsen waren.

Auf den Steinen der Nachbargräber waren Inschriften eingemeißelt und mit Blattgold ausgelegt, Plattheiten wie: »Die Liebe höret nimmer auf«, oder: »Der Tod ist das Tor zu einer besseren Welt«, anspruchslose Banalitäten, die in den Erbauungsbüchlein jeder Pfarrbücherei nachzuschlagen sind. Die Grabstelle in dem neuen schattenlosen Feld war billiger als in den kühlen Parzellen, die nach Laub oder nach Tannennadeln rochen. Die Zirkusleute bezahlten den kleinsten möglichen Betrag. »Wir brauchen das Geld für Wichtigeres, Futter, Reparaturen und den nächsten Umzug«, sagte der Direktor.

An diesem Tag war der Himmel grau und trüb, warmer Sommerregen tröpfelte auf den Park, auf die frische Erde und das Gras neben der Grabstätte. Der Totengräber der Stadtverwaltung, der tags zuvor mit dem Bagger das Grab ausgehoben hatte, berichtete von einem Hund, der in der Abenddämmerung in der Erde des frischen Aushubs gescharrt und dann dort seine Notdurft verrichtet hatte.

Nur eine knappe Handvoll der ehemaligen Zirkuskollegen folgte meinem Pappkartonsarg auf dem Weg zu dem vorgesehenen Erdloch. Donatella trug ihr

Volle-Granate-Renate-Gesicht, eine Maske ohne Trauer, und hielt während der Zeremonie einen rotschwarzen Regenschirm über sich. Wie erwartet, hatte sie sich in Schwarz gekleidet, trug aber keinen Schleier, der ihre hellroten Lippen verdeckt hätte, und keinen Hut. Die vertrauten Cowboystiefel hatte sie an diesem Tag gegen schwarze *High heels* getauscht, an denen jetzt der nasse, rote Lehm vom Aushub des Grabes einen bemerkenswerten Farbkontrast bildete. Dona war mit Shabari gekommen, Arm in Arm auf dem ganzen Weg. Erstaunlich. Zusammen sahen sie wie gute Freundinnen aus. Hatten eine Gemeinsamkeit gefunden?

Dahinter ein halbes Dutzend anderer Personen, von denen man weder an der Kleidung noch am Gesichtsausdruck erkennen konnte, ob sie zu der kleinen Schar derer gehörten, die vorgaben, um mich zu trauern, oder zum Friedhofspersonal, das ungeduldig darauf wartete, nach der Feier die Holzplanken aufzuräumen und die Erde wieder in das Grabloch zu schaufeln. Sie freuten sich, dass keine Blumengebinde, Textschleifen oder Kränze auf sperrigen Drahtgeflechten zu entsorgen waren. Es gab nichts anderes zu tun, als die Erde zurück ins Loch zu baggern, zusammenkehren, die Rasensoden auf dem Grab festtreten, fertig.

Die Tatsache, dass zumindest ein paar Leute bei meinem Begräbnis zusammengekommen waren, erfüllte die Sachlage einer formalen Zeremonie und die – wenngleich mit Widerwillen – von Donatella bezahlte Friedhofsrechnung (mit einer offiziellen Quittung der Stadtkasse) galt als Obolus, als Fahrgeld ins

Jenseits. Ich hatte somit die notwendigen Riten erfüllt und insofern das Billett, die Einlasskarte, in das Jenseits und war nicht verdammt, erst hundert Jahre am Ufer des Acheron als Schatten, als Untoter umherzuirren.

Ein glatter Abgang.

Jetzt, als Toter, kam ich in das andere Leben, das eigentlich das Gegenteil von Leben sein soll, in die Welt nach dem Tode, oder besser, das Jenseits, den Himmel, das Nirwana. Der Moment des Wechsels in das Jenseits wird dem, der darin eintritt, nicht bewusst. Es kann gut sein, dass der Übergang wie die Überquerung eines Flusses vonstattenging. Mag sein, dass da ein Fährmann in Begleitung seines Hundes ruderte, ich weiß es nicht.

Im Jenseits

Vor mir sah ich einen langen Gang, ähnlich einer U-Bahnstation, oder, wegen der weißen Fliesen, vielleicht eher wie der Korridor im Keller eines Krankenhauses, durch den jeden Morgen die Leichen der letzten Nacht weggebracht werden.

Während ich den Flur auf dem Weg zur ewigen Seligkeit entlang bummelte, waren meine Gedanken wieder bei Martha. Sie hatte versucht, mir das Jenseits zu erklären, und ich hatte ihr nie mit dem notwendigen Ernst zugehört. Wo war sie wohl jetzt?

Der Weg durch den Korridor war angenehm. Der Gang war am Anfang dunkel und wurde mit jedem Schritt heller; ich ging einem strahlenden Licht entgegen. Bald bemerkte ich Musik. Es war eine Synthesizer-Bearbeitung von Pachelbels Kanon und Gigue in D-Dur. Derlei Aufzugsmusik war vor Jahrzehnten populär, aber seither viel zu oft gespielt worden und ausgelutscht. Feierlich ja, aber ich hätte im Jenseits besseres Material erwartet. Während ich versuchte, die Quelle der Klänge zu orten, erschienen Bilder vor meine Augen, anfangs unklar und farblos, dann immer deutlicher und in kräftigen Farben. Es waren Ansichten von Orten, die ich bereist, und Gesichter von Menschen, die ich gekannt hatte.

Als ich an mir heruntersah, stellte ich erleichtert fest, dass ich nicht mehr blutete. Die Wunden des Raubtierangriffes waren verschwunden. Hals und Nacken waren wieder frei beweglich und schmerzfrei. Ich war nicht mehr in das billige Totenhemd gekleidet, das Dona für meine Leiche gekauft hatte, sondern hatte bei meinem Eintritt ins Jenseits eine leichte, faltenfreie weiße Kutte bekommen, die angenehm zu tragen war. Die anderen Gestalten, die neben mir durch den Gang liefen, waren sich alle ähnlich: Gesichtslose, helle Wesen, die wie ich schweigend vor sich hin schritten, gekleidet in denselben weißen Überwurf. Die bleiche Gewandung und das zunehmend helle Licht verstärkten den Eindruck eines Krankenhauses. Meine Augen sahen nicht normal, sondern eigenartig unklar, die Umgebung deutete sich nur unscharf an, wie in dichtem Nebel oder im Dunst von künstlichem Bühnenrauch.

War dies der Beginn oder das Ende der Reise?

»So, Herr Schech, Sie sind angekommen!« Die Stimme kam von jemand, der nahe vor mir stand, den ich aber nicht sehen konnte.

»Wo bin ich?« In dieser Situation keine allzu schlaue Frage.

»Herr Schech, ich nehme ihnen jetzt die *virtual-reality*-Brille ab, ja?«

In diesem Augenblick wusste ich, dass die Eindrücke, die mich die ganze Zeit unterhalten hatten, nur ein virtuelles Amüsement gewesen waren. Oder hatten die mit meinem Gehirn gespielt? Wollten die herausfinden, wie ich auf Bilder der Vergangenheit reagierte? Konnten die meine Gedanken lesen? Wenn ja, wozu?

Der lange, helle Eingangskorridor mündete in eine weite Halle, an deren gegenüberliegender Längsseite Schalter aufgereiht waren, die in einer lächerlichen Weise den C*heck-in counters* in einem weltlich-diesseitigen Flughafen ähnlich sahen.

Ohne die elektronischen Scheuklappen erfasste mein Blick jetzt die Schalter der Eingangshalle in allen Einzelheiten. Anders als im Diesseits war in der ganzen Halle keine Werbung zu sehen,, dafür waren auf den größeren Flächen andere Schriftzüge angebracht:

»Die Voraussetzung für den Frieden ist der Respekt vor dem Anderssein und vor der Vielfältigkeit des Lebens«, stand auf einem Transparent, das einen großen Teil der Halle beanspruchte. War der Spruch zur inneren Erhebung und Erbauung gemeint, oder das Leitthema für das, was gleich auf mich zukommen sollte?

Die Gestalt, die mir die Brille abgenommen hatte, zeigte auf einen der Schalter und gab mir den Hinweis:

»Sie stellen sich am besten dort an.«

Als ich die Halle halb durchschritten hatte und näher kam, sah ich, dass über den Schaltern allerlei bunte Symbole und Schriftzüge angebracht waren, die Erkennungszeichen verschiedener Glaubensgemeinschaften, die im Diesseits noch gegeneinander um Aufmerksamkeit und Vorherrschaft kämpften. Hier standen alle die, die meinten, anders und besser zu sein, verträglich nebeneinander und warteten darauf, an die Reihe zu kommen.

Über der Theke, an die ich von der gesichtslosen Gestalt verwiesen worden war, stand »sonstige Lebensansichten«, das klang bedenklich und nach einer unangenehmen Sonderbehandlung oder dem Zimmer für besondere Fälle im Finanzamt. An anderen Schaltern standen lange Warteschlangen, vor mir nur zwei Seelen; wahrscheinlich Menschen wie ich mit schrägen Ansichten und Lebensweisen. In der kurzen Wartezeit überlegte ich, an welchem Schalter Martha anstehen würde, wenn sie später einmal durch den Korridor zum Jenseits käme.

»Gibt es außer diesem Tunnel noch einen anderen Zugang zum Jenseits?«, fragte ich, »für VIPs?« Waren Julius Caesar und J. F. Kennedy auch diesen Gang entlang gegangen?

»Schech, Kaspar, Eduard, ist das richtig so?«, fragte eine Stimme am Schalter, und langsam kam zu der Stimme ein klareres Bild. »Herr Schech, wissen sie, wo Sie sind und warum Sie hier sind?« Es war, wie aus einer Narkose aufzuwachen, nur anders.

In der Halle war kein Gepäckband oder andere Paraphernalien eines Flugplatzbetriebes. Eine helle Wand ohne Fenster begrenzte den Raum. Davor ein nichtssagender Empfangstresen ohne Blumen, keine Werbebroschüren für eine Pauschalreise nach Bali, für bruchfeste Schalenkoffer oder für eine Risiko-lebensversicherung mit Gewinnausschüttung (Slogan: »Sicherheit für die Hinterbliebenen«). Wo kein Leben ist, braucht man keines zu versichern.

»Bin ich hier richtig?«, erkundigte ich mich. »Man hat mir gesagt, ich soll hier ...«

»Keine Sorge. Hier besteht kein Gewissenszwang. Sie hätten sich genauso gut an jedem anderen Schalter anstellen können. Hier sind alle gleich.«

»Aber ...?« Ich war verständnislos.

»Ach, wissen Sie, das machen wir nur, um die Einkommenden nicht zu enttäuschen. Die meisten erwarten von uns, dass sie hier im Sinne ihrer religiösen Vorstellungen empfangen werden. Folglich gestalten wir die Schalter mit den entsprechenden Symbolen: Halbmond, Kreuz, Swastika, Kamele, ja sogar das Faravahar-Zeichen, da ist alles dabei.«

»Ach ja?«

»Bei vielen ist die Erleuchtung nicht weit genug fortgeschritten, um zu der Einsicht zu gelangen, dass am Ende alle wirklich gleich sind, ohne Ausnahme. Am schlimmsten sind die ...«, die Gestalt beendete den Satz aber nicht, sondern wandte den Blick auf einen anderen Schalter, an dem sich rasch eine Warteschlange gebildet hatte. Da standen vollbärtige Männer in langen weißen Gewändern und mit rot karierten Kufiya-Kopftüchern.

»Oh je, wieder so ein Flugzeugabsturz. Das wurde heute beim Morgenbriefing schon angesprochen.«

Der Schalterengel wandte sich wieder zu mir:

»Wie sind Sie hier hergekommen, Herr Schech?« Er sah auf seinen verdeckten Bildschirm.

»Ach, ja, ich sehe hier, Harry K. hat sie herübergebracht. Da war nicht ganz klar, denn im System ist er noch mit seinem alten Namen, Chairon, angegeben. Und der Obolus ist auch voll bezahlt. Gut. Dann ist ja alles in Ordnung.«

Er beendete das Gespräch: »Also, Herr Schech, ich habe ihre Einzelheiten eingegeben, Sie sind jetzt vom System erfasst. Ihrem Weg in die Unvergänglichkeit steht nichts mehr im Weg. Die Kollegen im *Backoffice* wissen, dass sie da sind.«

Es fehlte nur, dass er mir einen angenehmen Aufenthalt oder eine besinnliche Zeit wünschte. Ich war jetzt ein Eintrag in ihrer Datenbank, sie wussten, dass ich da bin. Ich war einsortiert, einer Fallgruppe zugeordnet, bearbeitet, weitergereicht, weitergeleitet.

Ich hatte gesehen, wie die Wesen vor mir ein Büchlein mit einem ausfaltbaren Plan bekommen hatten. Die Broschüre war mit bunten Bildern illustriert und erläuterte allem Anschein nach Einzelheiten, die im Jenseits zu beachten sind.

»Kann ich bitte auch so ein Prospekt haben?«, fragte ich.

»Nein! Das geht nicht!«

»Warum?«

»Ihre Fallgruppe bekommt diese Broschüre nicht.« Er erklärte: »Sie sollten wissen, dass es Menschen grundsätzlich nur bis zum Ende des Kindesalters möglich ist, im Fall eines irdischen Frühablebens direkt in das Himmelreich zu gelangen. Das dürfen Sie nicht vergessen.«

Die Belehrung ging weiter.

»Erwachsene benötigen grundsätzlich erst die Vergebung ihrer Sünden. Das kommt für Sie in den nachgeordneten Abteilungen auf Sie zu. Gehen Sie daher jetzt bitte den Gang nach links, man wird Sie dort erwarten.«

Mein Empfang im Jenseits war einigermaßen freundlich verlaufen und ich malte mir aus, dass die weiteren Zwischenstationen sich ähnlich liebenswürdig um mich kümmern würden.

»Wir freuen uns darauf, Ihnen einen paradiesischen Aufenthalt bereiten zu können!«

Nein, da war nichts. Im Gegenteil, sie erwarteten mich.

Die Bank am Ende des Flurs war leer. Auf der Rückenlehne stand: »Nur für Fallgruppen VI und VII.« Niemand wartete auf der Bank. Zwei Wesen in hellen Kleidern kamen auf mich zu und einer von ihnen öffnete die Tür mit der Kontaktkarte, die er um den Hals trug. Ich sah vier Stühle, einen Tisch, keine Fenster, kein Wandschmuck, ein leeres Zimmer. Nach dem Eindruck eine Zelle, ein Verhörzimmer. Zur Vollständigkeit des Bildes fehlte nur der Einwegspiegel, der das Befragungszimmer von einem Kontrollraum trennte. War das der Abu-Ghraib Seitenflügel des Jenseits, mein Eingang zu den ewigen Leiden des Fegefeuers? Oder bestand doch noch Hoffnung? Die Gestalten setzten sich zu mir und stellten sich ohne Handschlag vor.

»Guten Tag Herr Schech, mein Name ist Urias. Ich bin im Ankunftsbereich für die Eingangskontrolle und Verwaltungssachen zuständig.«

Die andere Gestalt: »Grüß' Gott, ich bin Zephon, der Engel vom Dienst, ich kann leider nicht lange hierbleiben, die Computeranlage läuft im Moment nicht richtig. Wir sind nämlich dabei, ein neues Softwaresystem aufzuspielen, das war längst überfällig. Leider treten dabei immer wieder Schwierigkeiten auf. Sie verstehen sicher, dass ich mich darum kümmern muss.«

Mir war unklar, warum ich hier war und wusste noch weniger, wohin das alles führen sollte. Aus reiner Höflichkeit stand ich von meinem Stuhl auf und stellte mich vor.

Einleitende Worte wie »Grüß' Gott ...«, schienen nicht angebracht, deshalb besser: »Guten Tag, die Herren, mein Name ist Kaspar Eduard Schech, ich komme aus Mittelstadt ...«

»Ja, danke, nein, nein«, wurde ich unterbrochen: »Das wissen wir alles schon, deswegen sind Sie ja hier.«

Ich bedachte, wie die Situation zu überstehen sei, verstand rasch, dass die Gestalten, die links und rechts vor mir saßen, alle Einzelheiten meiner Vergangenheit kannten. Sie hatten mein Dossier Seite für Seite gelesen.

Urias begann: »Herr Schech, wir haben Sie zu dieser kleinen Unterredung hereingebeten ...«

Der Ton war kalt und das Verhör traf mich unvermutet. Ich hatte mir meinen Eingang ins Jenseits anders vorgestellt, freundlicher und persönlicher. Die Situation erinnerte mich an die mündliche Abiturprüfung in Französisch mit der zickigen Lehrerin, die mir mein Leben in der Oberstufe jeden Tag aufs Neue zur Hölle gemacht hatte. Wie bei der Prüfung bemühte ich mich um ein korrektes Verhalten, das der Situation angemessen sein sollte. Höflich, und doch bestimmt im Ton und fest in der Sache. Sollte ich auf die Engel und die Bediensteten im Jenseits so zugehen wie damals auf die Lehrer? War das der richtige Ansatz, so wie damals im Abitur?

»Herr Schech, wissen Sie, wieso sie hier sind und warum wir Sie für dieses Gespräch zum Ende des Korridors gebeten haben? Oder müssen wir Ihnen das auch noch erklären?«

Der Ton war scharf und nüchtern. Nein, ich hatte nicht den Schimmer einer Ahnung, warum ich aus dem Strom der Ankommenden herausgegriffen und in eine kahle Zelle geschickt worden war. Inquisition?

»Nein. Sagen Sie mir bitte, was mir vorgeworfen wird.«

»Na ja, Sie haben auf der anderen Seite, da drüben im Diesseits, ganz schön daneben gehauen. Sie haben die Vorsehung, die Funktion, die für sie vorgesehen war, ganz und gar nicht erfüllt.«

»Ach ja? Was habe ich denn falsch gemacht?«

»War Ihnen nicht bewusst, dass Sie dazu ausersehen waren, als Einstieg erst einmal Physik zu studieren und dann eine bedeutende Entdeckung zu machen? Wir hatten alles vorbereitet, ein erstklassiges Forschungsstipendium für Sie in Indien, alles war bereit.«

»Nein, es tut mir leid, das war mir nicht bekannt.«

Ich erinnerte mich an einen Brief, den ich im Briefkasten gefunden und für Yoga-Werbung gehalten hatte. Briefmarken aus Indien, minderwertiges Papier. Sogar meinen Namen im Adressfeld hatten sie falsch geschrieben. Ich hatte den Brief ungeöffnet in der Mülltonne entsorgt. Sieht so himmlische Post aus? Hatte ich etwa deswegen so viele Bezüge zu Indien in meinem Leben?

»Aber wie haben Sie reagiert?«, bohrte er weiter.

»Sie haben Ihr ganzes Leben mit Musik und im Zirkus zugebracht, ohne irgendetwas Nützliches für die Menschheit zustande zu bringen. Gar nichts! Das bisschen Heiterkeit, Trallala, Unterhaltung und Clownerie, solches Zeug zählt bei uns nicht.«

Und weiter in die gleiche Kerbe: »Dass das nichts Ernsthaftes war, das haben Sie ja selbst gemerkt, oder?«

»Nein, tatsächlich nicht.«

»Übrigens waren Ihre Auftritte grottenschlecht, aber das war nicht Ihr Fehler, denn Sie waren von uns ja nicht darauf vorbereitet. Wir sehen in Ihren Unterlagen ganz klar, dass sie dafür keinerlei Talent für Musik mitbekommen haben. Haben Sie das eigentlich nicht gemerkt? Zum Beispiel beim Vorspielen für Weihnachten?«

»Um Ihre Mission doch noch zu retten, haben wir Ihnen dann Martha zur Seite gestellt, damit Sie zusammen an einem Projekt arbeiten, so wie das Ehepaar Curie, Sie wissen, die Leute mit dem Radium. Sie sollten gemeinsam eine große Entdeckung machen, mit der Sie zum Nobelpreis vorgeschlagen werden. Etwas, das zum Weltfrieden beigetragen hätte.«

Ich versuchte einzuwenden, dass das Radiumzeug eher zur Atombombe und schon gar nicht zum Weltfrieden geführt hatte, wurde aber sofort zurechtgewiesen.

»Indessen, was haben Sie getrieben? Sie sind einem schwarzhaarigen Zigeunerweib, das den Teufel im Ohr hatte, nachgelaufen, ohne jede Logik, ohne jeden Sinn. Was haben Sie sich dabei gedacht?«

Ich hatte keine Antwort auf seine Frage. Klammheimlich stimmte ich dem Verhörengel zu. Die Sache mit Donatella war von Anfang an bescheuert gewesen. Das hätte ich schon damals wissen müssen, wenn ich nur meinen Verstand zur Anwendung gebracht hätte. Hatte ich aber nicht.

»Hat Liebe einen Sinn?« Ich versuchte eine Gegenfrage: »Wladimir Solowjew, ein russischer Philosoph des 19. Jahrhunderts, sah in der Unbedingtheit der sinnlichen Liebe die unbedingte Anerkennung des geliebten Menschen, das Fundament der Ethik«, so hatte mir Martha einmal versucht, es zu erklären, aber das war an mir vorbeigegangen, weil sie es so verquast formuliert hatte.

Der Moment schien geeignet, eine weitere Frage zu stellen:

»Ach ja, was ist aus Martha geworden? Sie ist so schnell aus meinem Leben verschwunden.«

»Ja, das ist eine traurige Sache. Wir konnten nicht anders, als sie wieder abzuberufen. Sie ist wieder hier und wird zum gegenwärtigen Zeitpunkt auf einen anderen Einsatz vorbereitet.«

»Warum?«

»Martha hat sich so viel Mühe mit Ihnen gegeben, hat immer versucht, Ihnen alles zu erklären, ihnen zu helfen, in die richtige Richtung zu gehen. Aber das hat überhaupt nicht geklappt, es hat Sie nicht erreicht. Jammerschade, denn wir hatten uns das als Team ausgedacht und so geplottet. Bei Martha haben wir, wie wir das öfter machen, einen Unfall vorgetäuscht und jetzt ist sie erst mal bei uns.«

»Ach, das tut mir leid. Das wusste ich nicht. Ich dachte eigentlich, dass sie ihr esoterisches Zeug selbst nicht so ganz ernst nimmt.«

»Ja, das hätte Sie zu einer neuen Ansicht und zu dem Durchbruch der Forschung leiten sollen. Aber vielleicht war das alles zu vielschichtig ausgedacht. Unser Fehler.«

Die Untersuchung zur Fallgruppeneinordnung kam zum Ende.

»Aber lassen wir das jetzt. Wir fassen also zusammen: Sie erfüllen die Kriterien der Fallgruppe VI. Versager!« Er legte nach: »Aber alles, was Sie zu Ihrer Entlastung vorgebracht haben, reicht nicht für Gruppe VII. Sie konnten während unserer Unterredung keinen einzigen überzeugenden Grund für ihr Fehlverhalten aufführen.«

Die Unterredung, das Verhör, verlief zunehmend unerfreulich. Zu Anfang der Besprechung hatte ich noch gehofft, dass ich aufgrund meines gewaltsamen und – wie ich fand – vorzeitigen Ablebens durch ein Raubtier besonders freundlich aufgenommen und mit Verständnis und Mitgefühl behandelt würde. Ich hatte mich geirrt, der Vorfall mit dem Tiger wurde gar nicht angesprochen.

»Sie haben das Studium nicht abgeschlossen«, warfen sie mir vor. »Sie haben die falsche Wohnung bezogen ...«, was war daran verkehrt, fragte ich mich.

»... und dann haben Sie auch noch angefangen, Musik zu spielen.«

Vielleicht hatte er ja recht, meine Musik war ja wirklich verdammt mittelmäßig, untalentiert.

»Aber Musik hat mir zumindest viel Freude gebracht«, warf ich ein. Der Engel, der das Verhör leitete, hörte nicht auf:

»Musik ist nicht produktiv, sie bringt nichts Neues hervor und sie lenkt die Menschen von den eigentlichen, den wichtigen Dingen im Leben ab. Arbeiten und Beten, zum Beispiel.«

Ich versuchte zu entgegnen: »Musik erfreut die Seele, ein Leben ohne Musik wäre ein Irrtum ...«. An dieser Stelle wurde ich sofort harsch unterbrochen.

»Nein, nein, um Himmels willen, das ist ein Zitat von Nietsche, der war ein Atheist, der kam aus der Unterwelt, wissen Sie, der war nicht von uns!«, und er setzte nach: »Es wäre besser für Sie, wenn Sie derartiges systemfeindliches Gedankengut hier nicht mehr zur Sprache brächten! Habe ich mich klar genug ausgedrückt?«

Wo war ich hier hingeraten? Ich versuchte ein letztes Mal mich zu verteidigen:

»Ist denn Musik immer schlecht, führt sie denn immer auf den falschen Weg? Sie spielten hier doch auch Musik, im Eingangskorridor?«, hakte ich nach.

»Also wissen Sie, Herr Schech, wir machen ja auch was mit Musik, mit Orgeln in der Kirche, Chorgesang und solches Zeug. Das kommt bei den Menschen halt gut an, weil es direkt in das Innerste ihres Hirnes eindringt und Emotionen freisetzt, die mit anderen Mitteln schwer zu erzeugen wären. Nebenbei bemerkt, das Hörvermögen war ein Versehen der Evolution.«

»Ach ja? Wieso?«

»Nun, als die Baugruppe für Gleichgewicht vom Systemhaus geliefert wurde, fanden wir bei der Endmontage der Beta-Serie heraus, dass der Gleichgewichtssensor auch auf Geräusche anspricht.«

»Erstaunlich!«

»Ja, weil dieses Modul so nahe an dem Schaltzentrum, dem Zerebrum liegt, wirkt es stark auf die Emotionen. Wir wollten das noch ändern, aber unser geliebter großer Boss und erster Vorsitzender, der weise Meister ...«, er unterbrach seine Rede für eine kurze Pause, in der er den Blick nach oben richtete, »... hat dazu gesagt, das geht so, das lassen wir mal so. Er meinte, die Menschenkinder halten das dann für einen Trick der Evolution und finden es toll, wenn sie dahinterkommen.«

Ich war fassungslos, wie hier gearbeitet wurde. Die kannten die Zukunft, die wussten alles, aber bei der wurde Systementwicklung geschludert. Unglaublich!

Hatte Bjarki, der Bär, mein Saxofonspiel nur deshalb gemocht, weil seine Nerven falsch zusammengeschaltet waren? Dabei hatte ich von ganzem Herzen gehofft, ihm in seiner Gefangenschaft eine kleine Freude zu bereiten, ganz persönlich, von Mensch zu Tier.

Die zwei Lichtgestalten, die mich im Laufe der Einvernehmung in die Zange genommen hatten, versuchten jetzt, das Gespräch zu beenden.

»Was sollen wir mit Ihnen machen? Wir können Sie ja nicht einfach so zurückschicken und alles von vorne beginnen lassen. Wir können Sie aber genauso wenig in die Hölle schicken, weil Sie drüben im Diesseits nicht genug falsch gemacht haben. Liebe ist keine Sünde, nur eine riesengroße Dummheit.« Ich stimmte insgeheim zu.

Ich wollte noch viel erklären, von der Musik, meinem Studium und warum mein Leben so abgelaufen war. Aber ich bekam keine Gelegenheit zur Rechtfertigung mehr. Die Lichtgestalten, die über mich befanden, hatten ihre Meinung gebildet. Zephon, der Engel vom Dienst, hatte auf einmal ein Klemmbrett in der Hand und versuchte, etwas nachzublättern.

»Nun, wir könnten Sie zur Reinkarnation freigeben, dann hätten Sie einen zweiten Versuch, Ihr Leben in die richtige Richtung zu lenken und das gutzumachen, wo Sie im ersten Leben Fehler gemacht haben. Wollen wir das mal versuchen?«

»... zur Wiedergeburt freigeben«, das klang für mich wie ein tollwütiger Fuchs, der zum Abschuss durch einen Jagdberechtigten freigegeben wird. Dennoch erschien mir der Vorschlag des Engels als ein gangbarer Ausweg aus meiner Lage und ich stimmte meiner Wiederverwendung zur Reinkarnation zu. Es gab keine Alternative.

»Ja, bitte, das machen wir so, wenn es geht!«

Zephon, der Engel vom Dienst, wurde gerufen. Man brauchte sein Fachwissen und seine Anwesenheit in einem anderen Sektor des Jenseits. Dadurch kam mein Verhör erfreulich schnell zu einem Ende und ich wurde entlassen.

»Gehen Sie geradeaus weiter, sie werden dann zur Reinkarnation kommen. Die haben noch kein eigenes Büro, sondern nur eine provisorische Baracke, machen aber ausgezeichnete Arbeit. Der Bote wird Sie dort hinführen.«

Department für Reinkarnation

Der Gang, den ich vorher beschritten hatte, um zum Verhörzimmer zu kommen, war verschwunden. An seiner Stelle war jetzt eine weite Landschaft mit einem abendlichen Strand, über dem gerade die Sonne unterging. Ein leichter warmer und angenehmer Wind wehte vom Meer her. Am rechten Horizont zeigte sich eine Bergkette mit drei aktiven

Vulkanen, deren Gipfel von der herabfließenden Lava rot und orange leuchteten.

»Ich gehe Ihnen mal voraus«, sagte der Bote und schritt über den Strand, durch die leichte Brandung und über das Wasser. Seine Füße berührten den Sand am Strand nicht und wurden nicht nass, als er auf dem Wasser wandelte. Es war ein angenehmer Spaziergang und ein erfreuliches Umfeld nach der Enge der Korridore und des fensterlosen Verhörzimmers. Nach einer Zeit unterwegs auf dem Wasser, die mir nicht lang erschien und dennoch nicht in Minuten oder Stunden zu fassen war, erreichten wir wieder Land. Ich war beeindruckt.

»Toll, wie erreichen Sie solche Effekte? Ist das alles echt oder nur Bühnenzauber?«

Keine Antwort

»Was mit virtueller Realität und so? So wie beim Empfang im weißen Eingangskorridor?«, fragte ich redselig.

Der Bote, der mir vorangegangen war, erwiderte mit einer sanften Stimme: »Hier ist nichts virtuell. Aber es ist auch keine Realität, wenn Sie verstehen, was ich meine«.

Nein, ich verstand nicht, aber die Situation war angenehm und weitere Fragen schienen nicht angebracht.

Nach wenigen Schritten am jenseitigen Strand und mit dem allerletzten Tageslicht erreichten wir eine Hütte aus Holz und Bambus mit einem Dach aus trockenen Palmblättern.

»Ich lasse Sie jetzt hier alleine, mein Kollege wird sich um Sie kümmern«, sagte der Bote und wurde vor meinen Augen einfach unsichtbar.

Die Bude am Strand war eingerichtet wie ein kleines Büro oder eine Strandhütte, in der man sich ein Surfbrett leiht oder ein frisches Kokosnussgetränk bestellt. Die diensthabende Gestalt hinter dem Tresen war jung, hatte eine sportliche Erscheinung, lange blonde Haare, und fügte sich zwanglos in das Beach- und-Surf-Bild. Aus einer angelehnten Tür zum Rückraum kamen ausgelassene, laute Stimmen. Es klang nach einer Party oder einem großen Sportereignis.

»Herr Schech, wie Sie wissen sind Sie jetzt im Jenseits, genauer gesagt im ›Sonderbereich für Wiedergeburt und Seelenwanderung‹. Das ist eine alte und deswegen noch selbstständige Abteilung, die aus einem anderen Denkbereich jetzt hier eingegliedert wird. Dieses Geschäftsfeld war in Südasien populär und wird zurzeit umstrukturiert. Wir modernisieren alles und vereinfachen die Abläufe«, erklärte mir die junge Person am Tresen. »Ich bin übrigens Nanael, der Engel vom Dienst. Meinen Namen brauchen Sie sich nicht zu merken.«

Er erklärte weiter: »Ich bin neu in dieser Zurück-schick-Abteilung und kenne mich noch nicht genau aus. Sie verstehen?«

»Ja, das leuchtet mir ein.«

»Wir versuchen, auf höhere Anweisung hin ...«, bei dieser Aussage richtete er seinen Blick nach oben und pausierte in seiner Rede, »... alles zu modernisieren und dem Zeitgeschmack anzupassen.«

Er kam richtig in Fahrt mit seiner Erklärung: »Stellen Sie sich vor, die Leute haben ihr ganzes Leben im Diesseits nach einem bestimmten Weltbild, sagen wir besser, einer gewissen Geisteshaltung, gelebt, da geben wir uns doch die Mühe, sie ja nicht gleich am Anfang zu enttäuschen, oder? Wir ziehen vor, sie behutsam an die Realität heranzuführen.«

»Welche Realität?« Ich war hoch erstaunt. Zeitgeschmack im Jenseits? »Ich dachte, bei euch ist alles ewig?«, fragte ich.

»Ja, schon, aber die Kundschaft, die, wie Sie, zu uns ins Jenseits kommt, hat klare Erwartungen. Aus diesem Grund stylen wir die Szenerie alle paar Hundert Jahre für das Publikum neu. Wissen Sie, die alte Dekoration mit Teufeln, Feuer, Pech und Schwefel auf der linken Seite, Orgelmusik, goldigen Engelchen und Kerzen auf der rechten Seite, das hat schon lange kaum mehr Anklang gefunden.«

Er kam mit seinem Monolog in Schwung und referierte:

»Es ist unerlässlich, laufend umzugestalten, alles neu zu dekorieren und uns neu zu erfinden. Neuerdings erwartet man von uns auch noch Nachhaltigkeit und Umweltverträglichkeit.«

»Das ist sicher nicht leicht, oder?«

»Ja, Kerzen ohne fossile Rohstoffe, Weihrauch mit Unbedenklichkeitsnachweis bezüglich Asthma und so. Oder stellen Sie sich vor, wie sollen wir das theoretisch-symbolische Konzept vom christlichen Opferlamm eingefleischten Veganern schmackhaft machen?«

Food for thought.

»Darüber habe ich nie nachgedacht.« Ich erfuhr mehr, als ich gefragt hatte.

»Des Weiteren«, erklärte der Engel vom Sonderbereich, »installieren wir bei dieser Gelegenheit endlich ein modernes, zukunftssicheres Computersystem für die Verwaltung, eine Anlage, die die alten, dicken Bücher ersetzen wird, die zum Teil nicht mehr lesbar sind.«

»Ewigkeitstauglich und *cloud based*«, fügte er hinzu, ohne sich der Ironie seiner Worte bewusst zu sein.

»Viele unserer bedeutungsvollen Textrollen und Bücher sind hoffnungslos zerfleddert und manche mit Textzeichen beschrieben, die wir selbst fast nicht mehr verstehen. Wir müssen das alles nachschlagen, das ist fraglos kein haltbarer Zustand. Sie können sich ja gar nicht vorstellen, wie lange wir schon hier sind.« Nein, das konnte ich nicht.

Ich reflektierte: Sogar in der Ewigkeit verliert sich die Kultur, alte Schriften zu lesen. Ich hatte mir das Jenseits anders vorgestellt, besser organisiert, mit ausgefeilter Planung und einer Weitsicht, die weit über meinen irdischen Zeithorizont hinausreichte. Aber der Fluss der Zeit strömt im Jenseits eben anders, er plätschert eher. Die neuesten theoretischen Konzepte aus der Quantenphysik, die ich in meiner Diplomarbeit bearbeitete, halfen mir bei der Problematik mit der Zeit im Jenseits nicht weiter. Dabei hätte ich hier gerne etwas Neues gelernt.

»Nicht zu vergessen«, fügte Nanael hinzu, »das neue WLAN-System, das wir gerade einbauen und das bald in allen Bereichen des Jenseits lückenlos funktionieren wird. Wir haben vor, die nutzbare Bandbreite auf dem Weg zur Hölle zu reduzieren, und bauen absichtlich Aussetzer und tote Winkel im Vorhof zur Hölle ein. Manche Dienste, wir nennen sie Weisheiten, sind für die dort blockiert, Tube8 und so was geht aber.«

Es leuchtete mir ein, dass der Dienst am Kunden auf dem Weg zur Hölle minderwertiger sein muss, als auf dem Pfad zur ewigen Seligkeit.

»Und wo ist das?«, fragte ich.

»Sie meinen die Hölle, Vorhölle und der ganze Teilbereich?«

»Ja.«

Der junge Herr Nanael antwortete mit unerwarteter Ausführlichkeit:

»Ach, das ist alles nicht so, wie es bei euch erzählt wird. Haben Sie am Strand vorhin die kleine Straße nach links bemerkt?«

Ja, hatte ich tatsächlich, bevor ich von dem imposanten Bergpanorama auf der anderen Seite abgelenkt wurde. Am Ende dieser Straße standen Hochhäuser, schäbige Plattenbauten dicht beisammen, wie Mietskasernen, einige mit Licht in den Fenstern, die meisten dunkel.

»Das ist der Vorhof zur Hölle. Die Seelen dort dürfen an manchen Tagen mit Sehnsucht von Ferne auf das Meer sehen, wie im Urlaub auf der sündigen Strandpromenade, wo sie früher zusammen mit ihren

Kumpanen gebechert haben. Gelegentlich intensivieren wir die Empfindung weiter durch den Geruch von tropischem Obst, Seetang, Urlaubsessen und anderen Düften, die Fernweh auslösen. Das stimuliert den *Gyrus subcallosus* und bestimmte Regionen um den *Hippocampus* und löst Sehnsucht und Verlangen aus, ohne dass wir weiter eingreifen müssten. Es passiert alles im Kopf, imaginär. Aber die armen Seen können ihre Bauten nie mehr verlassen, denn sie haben keine andere Wahl, als zu arbeiten.«

»Immer?«

»Ja, jeden Tag, selbst Sonntag, am Tag des Herrn.«

»Das ist ja schrecklich.«

»Ja. Man sagt ihnen, wenn sie länger und härter arbeiteten, dann könnten sie eines Tages, wenn ihre weltliche Schuld vollständig abgetragen ist, zum Meer und oder zu den Bergen reisen.«

»Nur Arbeit?«

»Manchmal stellen wir ihnen in Aussicht, ein neues Leben anzufangen, mit einem eigenen Haus, einem passenden Partner ...«

»Wie lange dauert das?«, fragte ich.

»Das kommt nie! Es ist ausgeschlossen. Sie werden endlos von der Sehnsucht zerfressen, jemals dorthin zu kommen, aber je länger sie arbeiten, je mehr sie über ihre Situation nachdenken, umso klarer wird es den Seelen, dass sich ihre Hoffnung niemals erfüllen wird. Wir können die Sehnsüchte mit bunten Katalogen und Plakaten weiter aufheizen, wenn wir eine besondere Schwere der Schuld feststellen.«

»Das ist gemein …«, wollte ich anfügen.

»Tja, Sie haben es da deutlich besser erwischt, Sie kommen zurück und bekommen eine zweite Chance«, hielt er entgegen.

Was ich heute hier sah und erlebte, passte nicht zu meiner früheren Vision vom Jenseits. Ich hatte mir das anders ausgemalt.

Der Engel: »Seit dort drüben im Diesseits die Bevölkerung explodiert, kommen wir hier mit unseren traditionellen Methoden kaum noch zurecht. Folglich müssen wir rationalisieren und die Abläufe anders strukturieren.«

Gerade so, als ob ich die Thematik verstünde, frage ich weiter:

»Aha. Und was machen Sie jetzt anders?«

»Wir versuchen, jetzt früher in die Schicksale einzugreifen, damit die von oben vorgesehene Fügung besser realisiert wird. Unser geliebter oberster und weiser Dienstherr«, kurze Pause in der Rede und Blick nach oben, »hat die Menschen mit einem freien Willen ausgestattet. Zumindest glauben die das. Es hat sich aber gezeigt, dass die Leute sich viel zu oft auf die Vorsehung berufen und trotzdem allerlei verabscheuenswerte Übel angerichtet haben. Sie wissen, was ich meine?«

»Sie meinen wirklich, die Welt wird allmählich besser werden?«

»Ja klar, daran arbeiten wir gerade. Das ist unsere ewige Zielleistung. Unsere einzige Aufgabe ist es, das

Böse zu bekämpfen. Alles andere ordnet sich dieser Zielvorstellung unter.«

Es war eine Gelegenheit nachzuhaken, wie er den Fortgang der himmlischen Arbeiten beurteile.

»Glauben Sie, die Welt im Diesseits wird wirklich besser?«

»Erinnern sie sich an Asrael oder Azazil, die früher mit Ihnen in einem Haus gewohnt haben? Die waren von uns abgeordnet.«

»Aha«, mehr wusste ich in meiner Verblüffung nicht zu fragen. Ich fragte: »Wie Agenten, soll man sich das ungefähr so vorstellen?«

Nanael wollte die Frage nicht mehr beantworten und verbarg seine Sicht der Dinge hinter einem geheimnisvollen Gesicht.

»Kamen Harut und Marut auch aus dem Jenseits?«, fragte ich weiter.

»Nein, nein, die sind von uns entlassen worden. Das war lange vor meiner Zeit. In ihrer Akte stand, dass das Management mit ihrer Arbeit nicht zufrieden war. Sie sollen die Anweisungen von oben nicht genau genug umgesetzt haben.«

Ich wollte noch viel fragen, zum Diesseits und zum Jenseits, ob Nanael Jimi Hendrix kennengelernt hatte und ob die Berühmtheiten aus dem Diesseits im Jenseits eine VIP-Behandlung bekämen; ob Elvis tatsächlich an manchen Tagen im Jahr Freigang zugestanden würde und dann im Diesseits auftreten dürfe und viele andere Fragen mehr.

Es war keine Zeit mehr.

Im Laufe unserer Unterhaltung vor dem Strandhäuschen bemerkte ich, wie mich ein kräftiger Hund erst beschnupperte und dann mit der Schnauze am Bein anstupste. Der Hund hatte vorher aus einer Wasserschale am Boden geschlabbert und schnupperte nun an meinem linken Bein. Es war ein Golden Retriever oder ein gelber Labrador oder eine Mischung aus den beiden Rassen. Der Vierbeiner trug kein Halsband und war nicht angeleint.

»Gehört der zu Ihnen?«, fragte ich.

Nanael antwortete nicht direkt auf meine Frage: »Warum? Haben Sie diesen Hund schon mal gesehen?«, und murmelte daraufhin zu sich selbst: »Das sollte eigentlich nicht passieren, ich hoffe, dass da nicht was falsch gelaufen ist.«

Der große, gelbe Hund war voller Neugier und freundlich zu mir. Er hatte sich vor mir hingesetzt und sah erwartungsvoll zu mir auf, so als ob er auf einen Happen Futter wartete oder Stöckchen-Werfen spielen wollte. Ich wusste nicht, ob er mich ins Herz geschlossen hatte oder ob es ihm im Jenseits einfach nur langweilig war, während er auf eine neue Aufgabe wartete.

Ich hatte noch viele Fragen, die alle unbeantwortet blieben. Wir wurden unterbrochen.

»Also, Herr Schech, ich habe da gerade die Nachricht bekommen, dass Sie jetzt zur Reinkarnation zugelassen sind. Das bedeutet, dass Sie noch mal eine Chance bekommen, um drüben im Diesseits etwas Gutes zu tun.«

Er gab mir ein mehrseitiges Dokument.

»Sie müssen nur das hier noch durchlesen und uns dann signalisieren, dass sie das Prinzip und den Zweck der Seelenwanderung verstanden haben und damit einverstanden sind und keine Einwände haben.«

Vorwitzig fragte ich, ob eine Alternative zur Wiedergeburt bestünde. Die Antwort war ernüchternd: »Na, das könnte langweilig werden, für jemand wie Sie.«

»Wieso?«

»Weil die, die nicht zur Wiedergeburt zugelassen werden, das sind bei Weitem die meisten, die bei uns abgewickelt werden, gleich in die Ewigkeit kommen. Endgültig, für immer.«

»Ja und?«

»Das ist eine sehr lange Zeit. Solche Fälle bekommen vorher neue Kleider übergezogen und werden danach und für alle Ewigkeit in die himmlischen Heerscharen eingegliedert.«

»Aha, und dann?«

»Ja, dann sind sie bis in alle Ewigkeit dort und total glücklich, ein unendlicher Zustand.«

»Ist das nicht langweilig?«

Auf meine letzte Frage bekam ich keine Antwort mehr. Sein Schweigen bedeutete mir, dass diese Äußerung nicht angebracht war. Ich begriff: Selbst im Jenseits ist es nicht ratsam, alles mit wissenschaftlicher Gründlichkeit zu hinterfragen. Wie in einer großen Firma oder bei einer Partei ist es besser, sich dem Unternehmensziel unterzuordnen und der himmlischen Weisheit nicht im Wege zu stehen.

Die Alternative, die ich mir für mein neues Leben ausgedacht hatte, war eine Existenz als Eisbär. So ein Eisbär ist ein kraftvolles, stattliches Tier, das gerne alleine ist und, wie alle Bären, seine Freude an Musik hat. Mein Wunsch entsprang der Aussicht auf kühle Seeluft, frischen Fisch und ein Leben, das nicht wieder im Suff enden würde. Als Eisbär in der Freiheit wäre ich fern von Bösem, weit weg von schwarzhaarigen Weibern und blonden Popcorn-Girls, weitab von Drogen und Rock'n-Roll und könnte somit Gutes tun, wenn sich die Situation anböte. Zweifellos eine begrüßenswerte Aussicht. Die Einzelheiten, ob oder wie ich in der Form eines Eisbären Gutes tun könnte, blieben mir unklar. Es würde sich schon der richtige Moment ergeben, dachte ich. Es könnte ja durchaus vorkommen, dass ein Polarforscher, der von seinem Schiff gefallen war, vor dem jämmerlichen Ertrinken im Eiswasser gerettet werden musste.

Die Zukunft ist immer voll Möglichkeiten.

Nanael legte mir ein Computertablett vor: »Hier, da können Sie sich was aussuchen, was zu Ihnen passt.«

Die Gliederung war ausführlich, mit Bildern und allerlei Einzelheiten der jeweiligen Kreaturen, die da später im Diesseits wiedererscheinen könnten. Ein großer Teil der Auswahl war der Reinkarnation als Haustier gewidmet. Zum Beispiel als Katze, die mit einem einsamen Menschen schmust und ihm Gesellschaft leistet. Das Bild rief mir Frau Kiki, damals, im Souterrain, ins Gedächtnis zurück. War ihr geliebter Kater eine Gestalt auf Seelenreise? Oder eine Wiederkehr als gehorsamer Hund, treuer Freund eines lieben Erdenmenschen, den man aus dem Diesseits kannte? Die Auswahl an frei und wild lebenden Kreaturen war reich an Einzelheiten: Als Vogel, groß und majestätisch (Adler), andernfalls klein, putzig und lebhaft, als Zug-, Wasser-, Sing-, Wat-, Lauf- oder Greifvogel oder als monogamer Entenerpel.

Oder als Igel, ein Tier, das einen wesentlichen Teil seines Lebens winterschlafend verbringt und daher länger und glücklicher lebt. Die Liste war ausführlich. Beispielsweise las ich, die Wiederkehr als Waschbär sei aus Gründen des Artenschutzes in Deutschland grundsätzlich nicht möglich. Die Tierart sei in meinem Zielgebiet nicht heimisch und solle sich dort auch nicht weiter verbreiten. Klare Anweisung von oben.

Für außerordentliche Fälle gab es die Alternativmöglichkeit, als Nicht-Tier-nicht-Mensch in das Diesseits zurückzukehren, als Geist, als Untoter oder Wiedergänger.

»Nein, nein, Herr Schech«, sagte Nanael, »das kommt für Sie nicht infrage. Das erlauben wir nur in seltenen Fällen, zum Beispiel, wenn jemand einen lieben Menschen verloren hat, ein Kind oder einen geliebten Partner. Die können auf diese Weise noch eine Weile lang zusammenbleiben. Das Konzept ist in der Diesseits-Welt unglaublich populär. Die haben von so einer Angelegenheit sogar mal einen Film gedreht. Das war ein toller Erfolg. Total emotional, genau am Puls der Zeit, die Leute haben geweint.«

Er machte eine Pause.

»Auch bei ganz abscheulichen Fällen von Schuld oder Verbrechen schicken wir die Seelen noch einmal

zurück, damit sie die besondere Schwere ihrer Unta-
ten wieder und wieder vor Augen geführt bekommen.
Das haben wir früher häufiger gemacht, wird aber
heutzutage selten angewandt. Wir haben jetzt bessere Methoden.« Er setzte wie vorhin seinen vielsagen-
den Gesichtsausdruck auf.

»Also, Herr Schech, haben Sie sich entschieden?«

Meine Entscheidung war gefallen und ich war
fest entschlossen: Eisbär.

»Ich möchte bitte als Eisbär zurück ins Diesseits
zurückkehren!«

Zuvor waren Fragen zu beantworten, die einfa-
cheren darunter waren, wo genau ich denn wieder
ins Diesseits eintreten wolle? Lieber im arktischen
Kanada oder Alaska oder in einem Zoo?

»Nein! Bitte nicht! Keinesfalls im Zoo!«

Es war schwerer, die richtige Antwort auf die
Frage nach der Zeit der Diesseits-Reise zu finden.

»Wann sollte der Übergang stattfinden, Gegenwart, Zukunft oder in historischer Vergangenheit,
zum Beispiel in der Zeit der Wikinger oder im antiken
Rom?«

»Nein, nicht als Eisbär in Rom, wo die Gladiato-
ren ihre Schwerter schwangen.« Oder während einer
Eiszeit, lange Zeit bevor die Menschen auf dem Plane-
ten herumliefen und alles kaputtmachten? Das warf
wiederum die Frage auf, wie ich ihnen Gutes tun sollte, wenn es noch gar keine Menschen gab?

Ich stand ratlos vor dem Engel und es war mir
klar, dass mir passende Antworten auf seine Fragen
fehlten. Mir schien die Gegenwart als die sicherste

Zeit für meine Rücksendung. Da sollte ich mich gut zurechtfinden.

»Also, dann schicken wir Sie wie besprochen zurück, nur ein paar Tage nachdem Sie von dort abberufen wurden. Wollen Sie das so?«, fragte Nanael.

»Ja, bitte.«

Nanael hatte sich umfangreiche Notizen gemacht und in das Tablett eingegeben.

»Ich werde das jetzt alles in das System hochladen und dann sehen wir weiter.«

Er nahm seine Aufzeichnungen mit in das Hinterzimmer, aus dem noch immer die frohen Stimmen kamen. Genau in dem Moment, als Nanael durch die Tür trat, wurden die Stimmen fanatisch laut, wie wenn bei einem wichtigen Fußballspiel der obersten Liga, das entscheidende Tor fällt.

Ich hatte genug Zeit, um mit dem gelben Halb-Labrador noch eine Weile lang Stöckchen-Werfen zu spielen. Der Hund erwies sich dabei zunehmend als freundliches und anhängliches Tier. Wir wurden Freunde.

Nach einer ganzen Weile – Zeit wird im Jenseits ja nicht in konventioneller Weise gemessen – kam Nanael aus dem Hinterzimmer und schüttelte den Kopf:

»Eisbär geht leider nicht. Diese Serie wird gerade zurückgerufen, sie nennen es das Aussterben einer Spezies. Sie hätten da kaum Zeit, im Diesseits noch etwas Gutes zu tun.«

Die Nachricht war eine Enttäuschung für mich.

»Hauskatze geht auch nicht. Ich habe gerade in unserer Online-Kartei nachgeschaut. Erstens sind da schon zu viele unterwegs. Die werden da dauernd fotografiert und gefilmt und alles, bekommen viel zu viel Aufmerksamkeit. Viele werden kastriert, das wollen Sie doch bestimmt nicht, oder?«

»Nein! Bitte nicht!«

»Außerdem hat Frau Neslihan eine Allergie gegen Katzenhaare, habe ich gerade in unserer Datei gesehen.«

»Gegen alle Katzen, kleine Hauskätzchen oder große, wilde, gegen Tigerhaare?«

»Ja, gegen alles. Das wussten Sie doch, oder?«

Nein, das wusste ich nicht. Ich war froh. Das erklärte ihre roten Augen und ihre Tropfnase. Nessie litt an einer Überempfindlichkeit gegen Tierhaare, die roten Augen stammten nicht von Kokain. Von diesem Gespräch an konnte ich sicher sein, dass ich in Nessies Umfeld zurückgeschickt würde. Da hätte ich gute Aussichten, Donatella noch einmal zu treffen, freute ich mich.

Nanael hatte einen anderen Vorschlag: »Wir haben da was ganz Neues, das auch Nessie mit ihrer Überempfindlichkeit gegen Katzenhaare gefallen wird. Sie kommen einfach als Frettchen zurück.«

»Kein Eisbär, nur ein kleines Frettchen?«

»Das wär' doch was für Sie, oder? Keine Allergien, sechzehn Stunden am Tag schlafen und dann lustig rumwuseln, die Menschen mögen so was. Weiches Fell, große Augen ...«, er sah mich an und erwartete meine Zustimmung.

Erst jetzt verstand ich, was für ein geschickter Verkäufer Nanael war und lachte heimlich bei dem absurden Gedanken, dass er mit seinem Talent sogar Heizöl an den Teufel verkaufen könnte – in der Situation ein unangebrachter Gedanke.

Ich traute mich, nachzufragen: »Verstehe ich Sie richtig, ich komme also zu Nessie und Dona zurück und nicht zu wildfremden Menschen oder – Gott bewahre – in einen Zoo?«

»Ja, die Kollegen werden versuchen, das so für Sie so einzurichten. Ich nehme an, das geht dann in Ordnung.«

Ich war beruhigt, fragte mich aber im selben Augenblick, wie ich in der Gestalt eines winzigen Felltieres Gutes verrichten könnte, um meine Aufgabe im Diesseits zu erfüllen. Bisher wusste ich von Frettchen nur, dass sie im Hühnerstall Eier klauen, zuzeiten nachts auf Dachböden lärmende Paarungstänze aufführen und sich tagsüber verkriechen und den ganzen lieben Tag schlafend zu verbringen. Man sieht sie kaum, es sei denn, sie werden gefangen, dressiert und – wie damals bei Dona – in einen Käfig gesperrt.

Nach dem Gespräch mit Nanael wurde ich zu einer anderen Dienststelle weitergereicht. Wieder eine andere Abteilung und wieder ein anderer Engel, der mir das Jenseits und dann die Einzelheiten der Rückkehr ins Diesseits erklären sollte. Unser Reinkarnationscoach.

Die Szenerie hatte vom tropischen Strand-und-Surf-Thema zu einem fantasielosen Verwaltungszweckgebäude gewechselt, das eine gewisse Ähnlichkeit zu meinem früheren ›Institut für Physik‹ zeigte.

Zusammen mit etwa fünfzig anderen Gestalten, hier Seelen genannt, fand ich mich in einem Raum wieder, der einem kleinen Hörsaal oder einem Seminarraum ähnelte. An der Vorderseite des Raumes hing eine große, weiße Projektionsfläche, aber hinter uns oder an der Decke gab es keinen Projektor. Wir alle waren gespannt, aber in keiner Weise auf das kommende Programm vorbereitet. Als Folge dessen warteten wir stumm, denn wir kannten uns gegenseitig nicht.

Nach einer unbestimmten Wartezeit kam endlich ein anderer Engel aus der Tür zum Nebenraum und ging mit schnellen und lockeren Schritten zum vorderen Teil des Raumes, wo das Rednerpult stand, auf dem er sein Manuskript ablegte. Die Parallelen zum Vorlesungsbetrieb an der Uni erschienen gewollt. Der Engel dozierte alleine, ohne Helfer oder Assistentin. Ich blickte auf meine Studienzeit zurück, die jetzt lange zurückzuliegen schien. Dabei erinnerte ich mich an die bezaubernde, blondlockige Hilfswissenschaftlerin aus der physikalischen Chemie, die damals in den Vorlesungen meine ganze Aufmerksamkeit aufgebraucht hatte. Sie würde vorzüglich als Hilfsengel zu diesem trockenen Programm passen.

»Herr Schech, kann ich jetzt bitte auch Ihre Aufmerksamkeit haben?«

Ich wurde barsch aus meinen Erinnerungen gerissen; der Vorlesungsengel las meine Gedanken. Er fügte an:

»Wir wollen dieses Seminar ja nicht bis in alle Ewigkeit ausdehnen. Also bitte, ja!«

Seit mir die Wiedergeburt in Aussicht gestellt worden war, wollte ich unter allen Umständen jede Verzögerung vermeiden. Ich wünschte mich so schnell wie möglich weg aus dem verwalteten Jenseits und zurück in das wohlvertraute Diesseits. Es war mir gleich, ob ich in meiner alten Gestalt als Student oder als Eisbär, Pinguin oder Kanarienvogel wiederkehrte, Hauptsache frei und nicht in einem Zoo. Das Jenseits, mit seinen weißen Wänden und langen Korridoren, erschien mir eintönig und bei weitem nicht so bunt und unterhaltsam wie die alte Welt, die ich zurückgelassen hatte. Die vordergründigen Tricks mit falscher Realität waren eine billige Nachbildung der Wirklichkeit. Die Gewissheit, dass die Engel der höhereren Dienstgrade meine Akte kannten und Gedanken lesen konnten, befremdete mich zutiefst und deckte sich ganz und gar nicht mit meiner Vorstellung von geistiger Freiheit.

»Herr Schech, können wir jetzt endlich anfangen?«, lamentierte der Dozentenengel.

Ich gab mir große Mühe, die blondlockige Chemieassistentin aus meinem Gedächtnis auszublenden und mich ganz auf den Vortrag zu konzentrieren. Es gelang nicht. Trotzdem verrichtete der Dozent das, zu was er gekommen war, er dozierte:

»Der Mensch ist aktiv und diese Aktivität findet auf drei Ebenen statt. Die erste Ebene ist das Denken, die zweite der Körper und die dritte Ebene die Sprache.«

»Statt Ebene, wäre der Begriff ›Dimension‹ besser angebracht«, räsonierte ich insgeheim.

»Der Mensch selber ist ein Produkt aus Energie. Bei allem, was er tut, findet eine Veränderung seiner Lebensenergie statt. Das bedeutet, unsere Aktivitäten formen Energien, die sich ständig ändern«.

Mit wachsendem Widerwillen hörte ich den physikalisch absurden Ausführungen zu und mühte mich, dabei meine Ruhe zu behalten. Hatte dieser Dozier-Engel denn niemals vom Energieerhaltungssatz gehört? Waren denn die fundamentalen Erkenntnisse von Galileo über James Prescott Joule bis zu Hermann von Helmholtz gar nicht ins Jenseits vorgedrungen? Oder herrschte hier im Jenseits eine ganz andere Physik, in der die angeblich allgemeingültigen Grundsätze, nach denen das ganze Universum zusammengebaut sein soll, hier gar nicht galten?

Ich versuchte, meine Aufmerksamkeit auf die Vorlesung zu richten, um nicht gleich wieder von dem Gedankenleser gerügt zu werden, und folgte weiter und mit Mühe seiner monotonen, langweiligen Stimme.

»Durch gewisse Taten kann im Wiederdasein ein göttliches, ein menschliches, ein tierisches oder auch ein Geistwesen entstehen. Als Folge seiner Handlungen bilden sich Energieformationen aus. Energie geht nicht verloren, auch im Tod nicht.«

»Aha, also doch der Energieerhaltungssatz«, sagte ich vor mich hin und wartete ab, ob er auch den zweiten Hauptsatz der Thermodynamik verstand.

»Wenn jemand stirbt, vergeht die Körperlichkeit, und die vier Elemente Erde, Wasser, Luft und Licht bleiben auf der Erde, aber die Energieprozesse gehen weiter.«

Kaspar E. Schech

Das ist seltsam, die arbeiten mit nur vier Elementen, wie damals zur Zeit der Alchemisten, als man noch keine Ahnung von der modernen Chemie hatte!

»Hat jemand heilsame Dinge in seinem Leben getan, dann entstehen daraus positive Energieformationen und eine heilsame Wiedergeburt, bei bösen Taten eine unglückliche Wiedergeburt. Unsere Handlungen im Diesseits entscheiden also über das Wiederdasein.«

Im Großen und Ganzen hätte ich mir das auch so ähnlich vorgestellt, nur anders. Als Nächstes kam eine Überraschung.

»Ich darf Ihnen verraten, dass Sie alle zu einer Gruppe gehören, die sich nicht vor der Wiedergeburt fürchten braucht. Die armen Seelen, die in ihrem Leben so richtig danebengehauen haben, wurden schon woanders zusammengeführt und werden dort entsprechend behandelt. Sie hier haben es besser.«

Das »zusammengeführt« und »behandelt« klang abscheulich und hatte einen Anklang von Zwangseinweisung in eine geschlossene psychiatrische Abteilung oder eine Vollzugsanstalt grauenvoller Art. Nach allem, was hier gesagt worden war, schienen meine Zukunftsaussichten positiv.

»Sie alle hier haben nichts Schlimmes verbrochen aber wiederum mit Ihrem Leben im Diesseits nicht viel Nützliches angefangen. Mittelmaß, sozusagen. Demzufolge brauchen Sie von der Wiedergeburt keine Angst zu haben. Sie sollten dabei aber auch nichts Besonderes erwarten.«

Aus dem Auditorium wurden Fragen gerufen.

»Wie lange werden wir dortbleiben?«

»Ist das meine einzige Chance, mein Karma zu verbessern?«, fragte eine verhaltene Mädchenstimme.

»Karma hat nichts mit Schuld oder Buße zu tun, schon gar nicht mit Strafe. Karma bedeutet, dass ein Thema aus der Vergangenheit noch nicht abschließend bearbeitet worden ist. Sie haben ja noch den freien Willen, gebrauchen Sie ihn!«, war die Antwort.

Der Ton seiner Antworten wurde zum Ende hin scharf und gereizt. Er beantwortete einzelne Fragen aus dem Auditorium, viele mehr blieben unkommentiert im Raum stehen. Der Dozent war nicht mehr geneigt, weitere Erläuterungen abzugeben. Seine Lehrvorstellung war schnell beendet. Es schien, er hätte keine Zeit und besseres zu tun.

Am Ende der Veranstaltung erschien ein Assistent und verteilte Nummern, wie Wartezettel im Reisebüro, die uns unserer zukünftigen Rolle im Diesseits zuordneten. Der Assistent wies mich dabei persönlich darauf hin, dass seit meinem Tod im Zirkus und dem kommenden Wiedereintritt ins Diesseits eine lange Zeit vergangen sein könnte. Fünfzehn oder zwanzig Jahre, so genau wisse man das nicht, da in der Ewigkeit die Zeit anders gemessen würde.

»Die Maßeinheiten sind eben nicht kompatibel«, sagte er, »wegen der Relativität und anderen Naturgesetzen, die gegenwärtig Gültigkeit haben.«

Seine Erklärung überstieg alles, was ich in meinem Physikstudium über Zeit und Raum gelernt hatte. Der zuständige Assistent-Engel erklärte uns, dass man mehrfach versucht habe, die Zeit im Jenseits mit der Zeit im sogenannten Diesseits zu synchronisieren, stets ohne den beabsichtigten Erfolg.

»Aber das ist ja gar nicht so wichtig«, fügte er hinzu. »Nach allem Anschein läuft das Diesseits unserer Zeit immer voraus. Im Endeffekt ist halt alles relativ.« Er hatte ja so recht.

Er erklärte genauer: »Es ist gut möglich, dass inzwischen zwanzig oder mehr Jahre im Diesseits vergangen sind.«

»Verdammt lang her, ob ich mich da zurechtfinde?«

Unerheblich, denn es gab keinen Weg zurück. Die Reinkarnation war eingeleitet und sollte keinesfalls unterbrochen oder rückgängig gemacht werden. Das war im System nicht vorgesehen und könnte vielleicht zu unvorhergesehenen Ergebnissen führen. Eine Umkehr von der Rückkehr, nein, das ist nicht machbar.

Hier im Jenseits durfte ich keine Wunder erwarten.

Von der nächsten Station, einer großen Halle, schickte man mich und die anderen Seelen durch verschiedene Gänge, Treppen und Laufbänder in eine weitere Wartehalle.

Jemand stellte sich mir in den Weg:

»Kommen Sie mal hierher, Herr Schech, schnell, bitte!« Ich wurde in ein Nebenzimmer am Korridor gerufen. »Das müssen Sie sehen, das wird Sie bestimmt interessieren«, sprach mich eine fremde Gestalt an.

»Sehen Sie, hier«, und zeigte auf einen der Monitore auf seiner Kontrollkonsole. Ich versuchte, die Szene auf dem Bildschirm zu verstehen.

»Was ist das?«, fragte ich.

»Das ist Ihre geliebte Donatella, sehen Sie nur!«

Jetzt hatte er meine volle Aufmerksamkeit.

»Ja, und? Was passiert da gerade?«

Die Gestalt, die mich gerufen hatte, holte zu einer langen und ausführlichen Darlegung aus:

»Es ist mein Job, das Diesseits von diesem Kontrollraum aus zu beobachten. Unter bestimmten Voraussetzungen können wir von hier aus direkt in den Ablauf der Dinge eingreifen. Im Versicherungsjargon nennt man das *force majeure* oder *Acts of God.*«

»Also doch!«

Das hatte ich lange vermutet. Jemand beobachtet uns ohne Unterlass, egal was wir unternehmen.

»Wir nennen es das wachende Auge.«

»Was hat das mit mir zu tun? Wollen Sie mir aufzeigen, dass euer wachendes Auge immer und überall hinter mir her schnüffelt?« Ich war ungehalten.

»Nein, nein, sehen Sie doch.«

»Was?«

»Da sitzt ihre Donatella zusammen mit Freunden. Die begehen zusammen den Jahrestag Tag ihres tödlichen Unfalls, Herr Schech.«

»Eine Trauerfeier? Für mich?«

»Ja, das ist in manchen Gegenden im Osten eine Tradition.«

Erst jetzt betrachtete ich das Bild auf dem Monitor genauer. Da saßen sie alle im Kreis auf einem großen Teppich, der über einer Plane im Zirkuszelt ausgebreitet war. Vor ihnen Teller und Schüsseln mit Essen und ein Korb mit frischen Früchten.

Jemand sprach ein Gebet:

»Bismillah irrahman irrahim ...«

Das Wiedersehen mit Donatella, obwohl nur auf einem kleinen Monitor, stimmte mich ungemein froh, eine Freude aus heiterem Himmel, sozusagen. Zusammen mit Dona saßen Nessie, der spindeldürre Pete und Leute vom Zirkus, Tahsin, der Boss, ja sogar Shabari und die Stalljungen zusammen. Ich sah klar, dass weder Sanjay, der Dompteur, noch der blasierte Trompeter an der Feierlichkeit teilnahmen. Tahsin entfaltete einen Notizzettel, um nach dem Gebet eine Rede zu halten.

»Soll ich den Ton einschalten, wollen Sie eine Weile mithören, was die über Sie sagen?«

»Nein, bitte nicht.«

Ich hatte eine Frage: »Ich bin noch nicht mal zwei Tage im Jenseits, wie ist es möglich, dass meine Freunde schon den achtzehnten Jahrestag feiern?«

»Tja, das ist schwierig zu erklären. Die Zeit im Jenseits läuft halt anders als drüben im Diesseits.«

Der Engel, der im Kontrollraum seinen Dienst verrichtete, war wieder mit seiner Arbeit an den vielen Monitoren beschäftigt. Ich verabschiedete mich dankend mit einem stillen Kopfnicken und freute mich dabei, bald wieder in das vertraute Diesseits zurückzukommen. Ich genoss die Vorstellung, Shabari, Donatella, ja sogar Nessie wieder zu begegnen.

Im Gegensatz zu den vorherigen Abteilungen im Jenseits war die Wartehalle voll, laut und unübersichtlich. Man stelle sich den Raum wie einen großen Kopfbahnhof oder ein Flughafenterminal vor, ähnlich der Eingangshalle, durch die ich gestern gekommen war. Wie am Bahnhof hat jeder seinen eigenen Grund, dort zu sein, und gleichzeitig das Bestreben, den Ort so bald wie möglich wieder zu verlassen. Warteräume sind nicht zum Verweilen geschaffen, sondern zum Weiterreisen.

Ein Lautsprecher rief Namen und Nummern auf, schickte Gruppen an bestimmte Schalter oder verlas Serien von Zahlen, die für mich keinen Sinn ergaben. Ein Engel, der offensichtlich für die Ordnung in dem Saal zuständig war, zeigte mir an, mich auf eine Bank zu setzten und dort abzuwarten.

»Sie werden später aufgerufen. Bitte beachten Sie die Durchsagen.«

Sitzend beobachtete ich die Ankünfte und Abgänge der Gestalten, ohne herauszufinden, ob die Seelen gruppenweise, wie in Zügen oder Flugzeugen, in eine gemeinsame Richtung losgeschickt wurden oder ob jeder für sich alleine den Sprung durch Raum und Zeit wagen musste. Ich betrachtete die anderen Wesen, die hier ihrer Wiederverwendung entgegensahen. Einige der Wartenden kamen mir bekannt vor, wie die Menschen, die ich auf dem Weg zur Uni, im

Bus oder später auf dem Volksfestplatz getroffen hatte, andere erschienen mir vollkommen fremd.

Ich war meinerseits froh, dass mich niemand kannte und ansprach. Welch sinnloses Geplauder hätte sich daraus ergeben?

»Ach, Sie sind auch hier?«

»Ja.«

»Warten Sie auch …?«, oder: »Wissen Sie schon, ob …?«

Es wäre eine sinnleere Konversation geworden.

Eigentlich hätte ich trotzdem und aus purer Neugier gerne den einen oder anderen gefragt und herausgefunden, welche Zielsetzung ihnen auf ihren Weg mitgegeben worden war. Welche Kreaturen hatten sie für ihre Wiederverkörperung ausgewählt? Wohin und in welche Epoche werden sie zurückkehren? Hatten die Zahlengruppen, die im Warteraum dauernd angesagt wurden, etwas damit zu tun?

Mein Name wurde aufgerufen: »Herr Schech, bitte gehen sie umgehend durch den Gang IV zur Station IV-132 und warten Sie dort auf weitere Anweisungen!«

Ja klar, ich hatte die Nummer ja schon, der Assistent hatte mir am Ausgang des Hörsaals einen Zettel mit der Nummer in die Hand gedrückt. Es war wie beim *Boarding* am Flughafen. Einleuchtend, dass auch diese Abteilung dringend auf eine Modernisierung wartete, weniger Zettelwirtschaft, mehr digitale Integration. Man könnte ein leistungsfähigeres System erwarten, das die Seelen ihrer neuen Bestimmung zuführte.

Zurück im Diesseits

Iih, Mama, da ist eine Ratte, eine riesengroße, fiese Ratte!« Ein Schrei und weiteres Gezeter. »Ich hol' den Besen, das Biest soll raus oder ich schlag' es tot. Jetzt!«

Mein Eintritt in die Welt des Realen war desaströs abgelaufen. Der freundliche Empfang, auf den ich mich gefreut hatte, war abweisend und feindlich.

Ich war jetzt auf der Welt mit der Mission, Gutes zu tun. Wie, um Himmels willen, sollte ich als Frettchen, das obendrein als Ratte verkannt wird und bäuchlings auf einem Bett liegt und kurz davor steht, mit dem Besen totgeprügelt zu werden, wie sollte ich in dieser Lage irgendetwas auf dieser Welt zum Besseren richten, den Weltfrieden vorbereiten oder wenigstens eine arme Seele von der weltlichen Verderbnis retten?

Ich hatte kein weißes Fell wie ein Eisbär mitbekommen, sondern ein feldhasengraues Haarkleid, hell am Bauch und dunkel-graubraun auf dem Rücken, nicht wie ein Jäger, sondern eher wie ein Gejagter. Ich schwamm nicht im frischen Wasser des Polarmeers und rekelte mich auch nicht auf einer Eisscholle, sondern lag angststeif in einem Bett, das nach dem Duftwasser einer Frau roch.

Als Felltier, das ich jetzt war, lag ich – um nicht gleich mit dem Besenstiel erschlagen zu werden – still auf dem Bauch und bewegte mich so wenig wie möglich. Dabei versuchte ich mit lieben Glupschaugen zu dem wutschnaubenden Weibsbild aufzusehen, hoffend, eine Andeutung von Sympathie zu erwirken.

»Nein, nicht, bitte nicht erschlagen, nicht schon jetzt«, hoffte ich, »sonst komme ich ins Jenseits zurück, ohne die Gelegenheit, die aufgetragenen guten Taten zu verrichten.«

Nach dem Vortrag, den ich im Jenseits über mich hatte ergehen lassen müssen, nahm ich meine Mission ernst. Auf meine Art wünschte und betete ich, der Himmel möge doch bitte ein bisschen Weisheit herunterfließen lassen und diesem besenschwingenden Zickengirl klarmachen, dass ich keine Ratte war, sondern ein Frettchen, ein liebes Tier, das sich gerne von Menschen dressieren ließ, das auf Wunsch Männchen machte und ansonsten die meiste Zeit des Tages friedlich verschlief und sogar seine tierische Notdurft folgsam draußen vor der Tür verrichtete, wenn kein Sandkasten im Zimmer bereitstand.

»Nessie, das ist keine Ratte, das ist ein Marder oder ein Frettchen. Hatte ich auch mal eins. Die sind lieb. Und lustig«, hörte ich eine andere Frauenstimme aus dem Nebenzimmer.

Erleichterung. War ich gerettet?

»Lass' ma', das wird schon in Ordnung gehen«, beruhigte die Stimme ihre aufgeregte Tochter. »Schade, dass wir den alten Käfig weggeben haben, der hätte jetzt gut gepasst. Damals hatte ich auch so ein liebes Frettchen.« Sie fügte mit einem Seufzer hinzu, »Ach, das ist schon so lange her.«

Dieser Tonfall war mir vertraut: Donatella! Verwechslung ausgeschlossen. Ihre Stimme klang nicht mehr fest und bestimmend wie früher, sondern älter und schwächer. Wie oft hatte ich sie so gehört, geliebt und gleichzeitig gehasst: »Wir machen Schwung, ab hier, die Kiste«, und dauernd dazwischen ihr markantes »Huuiiihhh – aaahhh«, das kein anderer Mensch jemals so sexy durch die Lautsprecheranlage gegurrt hatte. Jetzt klang ihre Stimme alt, brüchig, krächzend, ganz ohne jeden Glanz von früher.

Die jüngere Frau, die da vor meinen Augen hin und her lief, um irgendetwas zu reinigen, aufzuräumen und in der Küche eine Pfanne auf den Herd stellte, war anders als die Nessie, die ich von früher kannte. Sie war älter, ihre Haut faltig und die Tattoos, soweit ich sie auf den Händen und den Armen sehen konnte, waren von der Zeit undeutlich geworden und vom Licht gebleicht, Bilder von gestern. Ihr schwarzes Haar hatte natürliche, graue Strähnen, war dünn und ohne Glanz. Darunter ein Körper, der erschöpft aussah, gebeugt und ohne Spannung. Die Augen, soweit sie nicht von den langen Haaren verdeckt waren, hatten dunkle Schatten, wie bei einem Menschen, der viele Nächte nicht geschlafen hatte. Sie trug schwarze Kleidung und hatte immer noch Piercings an den Ohren, der Nase und an der Unterlippe. Es war Neslihan, kein Zweifel, Donatellas Tochter und einziges Kind. Es schmerzte mich, zu erahnen, was in der Seele der Frau vorgehen mochte, ein froher Mensch war sie nicht.

Ohne mich nach dem anfänglichen Schrecken (»die Ratte!«) weiter zu beachten, setzte sich Neslihan trotz ihrer Arbeit für einen Moment zu mir. Ich sah das vertraute Tattoo auf ihrer linken Hand,

K-I-L-L stand da auf den Fingern. Die einst blau-schwarze Farbe war von der Zeit blass, grau gewor-den. Am Mittelfinger trug sie den silberfarbenen Ring von früher, mit einer Schlange, die sich um einen To-tenkopf wand. Der Schmuck war abgenutzt und die Darstellung nicht mehr klar zu erkennen.

Wie war es ihr ergangen? Wie war ihr Leben in den Jahren seit dem Zirkus verlaufen? War sie mit dem Leben, das sie einst gewählt hatte, glücklich? Was war aus ihrem Prediger geworden, dem dürren Simon-Peter? Waren sie noch zusammen oder hatten sie sich getrennt?

Von meinem Platz auf Nessies Bett hörte ich klar und deutlich Donatellas Stimme. Die Sicht zu ihr war versperrt. Wie ging es ihr? Wie stand es um sie? Lief sie noch mit dem wippend-federnden Schwung, mit dem sie mir über den Volksfestplatz entgegenge-kommen war? Oder mit mühsamen Schritten, schlur-fend und gebeugt, wie ein Mensch, der im Leben schwer zu tragen hatte?

Und, ach, die Freude, die ich jetzt empfand, trotz ihrer Affäre mit Sanjay, dem Tigerdompeur, und al-lem anderen, was passiert war. Trotz alledem, freute ich mich auf unser Wiedersehen, ganz egal, was ge-wesen war.

War es nicht eine Gabe des Himmels, wie in alten Zeiten zu denken und zu empfinden und die Ver-gangenheit mit weit offenen Augen zu betrachten? Ich atmete den Duft der Blumen aus unserem ge-meinsamen Leben, den Geruch des nassen Sandes vom Volksfestplatz und die muffige Ausdünstung der Sägespäne in der Zirkusmanege. Oder hatte ich jetzt, als Frettchen, einen übersteigert empfindlichen Geruchssinn? Welch' unendliches Glück, für Sekunden, Minuten in Bahnen zu denken, wie zu der lange verflossenen Zeit, als unser Himmel keine Grenzen hatte und jede Sternennacht in einer Morgendämmerung mit Vogelgezwitscher in einem hellen Tag endete? Es waren Zeiten ohne die Last des Alters. Ich, Kaspar, die Ratte, der Physiker, der Clown, das Frettchen, empfand eine immens lebhafte Vorfreude auf das Wiedersehen mit Dona, ein Hochgefühl, das nicht mit Worten auszudrücken war. Ich hatte den zynischen Kommentar des Verhörengels im Jenseits nicht vergessen: »Liebe ist keine Sünde, nur eine große Dummheit!« Ja, das hatte er gesagt. Was versteht so eine jenseitsbasierte, geschlechtslose Lichtgestalt denn schon von Liebe?

Wo war Donatella? Ich hörte ihre Stimme, aber konnte sie nicht sehen. Wie gerne wäre ich in das Nebenzimmer gelaufen, auf ihren Schoss gesprungen und hätte Männchen für sie gemacht, ihr Sachen vom Schrank geholt oder ein Spielchen versucht, um ihre Aufmerksamkeit auf mich zu lenken und sie mit tierisch-putzigem Getue zu unterhalten. Aber zunächst war es sicherer, mich nicht zu bewegen, besser nicht hinzulaufen, um nachzusehen, ohne Gefahr zu laufen, von der übel gelaunten Nessie mit dem Besenstiel erschlagen zu werden. Meine Zeit wird kommen, heute, morgen, irgendwann.

Später, am Nachmittag oder am nächsten Tag – ich wusste das nicht genau, da ich lange bäuchlings geschlafen hatte – war ich alleine im Wohnwagen und hatte Gelegenheit mich umzusehen.

Ich war aufgewacht, als Dona ihrer Tochter im Weggehen nachrief:

»... und bring' eine Tüte Katzenfutter mit, für deine Ratte«.

Ich hasste das Wort Ratte, andererseits, so meine Überlegung, werden sie mich nicht gleich totschlagen, wenn sie sich Mühe geben und Futter für mich kaufen. Es bestand durchaus Grund zur Zuversicht, ich hatte eine wieder eine Zukunft auf meiner Reise ins Diesseits. Wie ich aus den Geräuschen vor dem Containerhaus schloss, war Nessie mit einem Motorroller weggefahren. Es war still geworden und es schien mir sicher, mich frei zu bewegen und endlich in der neuen Umgebung umzusehen.

Meine Neugier galt Dona im Nebenraum. Ich schlich auf weichen Pfoten entlang der Möbel, durch einen Türspalt, wo ich still verharrte, um mich in dem anderen Zimmer zu orientieren. Ich hatte ein glücklicheres Bild erwartet.

Da saß eine kleine, dürre Frau in einem Schlafsessel, dessen Rücklehne halb zurückgeklappt war. Ihre Beine waren in eine karierte Wolldecke eingeschlagen. Daneben, an der Wand lehnend, ein Krückstock. Es schien, es bereite ihr Mühe, aus dem Sessel aufzustehen und durch den kleinen Raum zu schreiten. In Reichweite zu dem Schlafsessel, auf einem kleinen Beistelltischchen, ein Telefon, industriegrau, und mit altmodischer Wählscheibe. Daneben ein Glas mit Tee. Ich sah mich in dem Raum um: Ein Schrank, ein Fenster mit Blick auf einen Baum, das war alles, was aus meiner Position vom Boden aus zu sehen war. Ein angefangenes Essen auf einem Teller, das

Besteck zurückgelegt, drei alte Fotos gerahmt, Medikamente, bunte Pillen in Plastiktütchen auf der Ablage des Schrankes, Zeitungsausschnitte. Daneben ein Spiegel mit blinden Flecken, darunter ein Waschbecken, für die Hände und das Geschirr. Zwei der Bilder waren in Farbe, verblichen, und zeigten Dona vor ihrem Scooterladen. Es stammte aus der Zeit, als der Laden noch neu war. Auf einem anderen Foto: Dona im Zirkus, alleine in der Manege mit einem Tiger, Jegor. Das dritte Bild war eine schwarz-weiße Studioaufnahme einer jungen Donatella, die zusammen mit einem Mann in indischer Gewandung ebenfalls vor zwei Tigern posierte. Der Mann sah weder Sanjay, dem Dompteur aus dem Zirkus, noch Tahsin ähnlich.

In der Hand hielt Dona ein abgegriffenes Taschenbuch, in dem sie schon lange geblättert hatte, und eine zusammengefaltete Lesebrille. Ich hatte Donatella früher nie Lesen gesehen und vermutete daher, dass sie sich die Zeit mit einem Groschenroman vertrieb, bis ich den Buchtitel sah: »Betrieb und Wartung von Dreiphasenwechselstrommotoren.« Es erinnerte mich an den Kirmesladen mit dem großen Verteilerschrank. »Kannst du Strom?« Lebte Dona nur noch in ihrer Vergangenheit? Verstand sie, was sie da las? Schlief sie oder war sie wach? Ich tippelte weiter auf Donas Sessel zu und bewertete das Risiko auf ihren Schoss zu hüpfen oder diese Vertraulichkeit einstweilen besser sein zu lassen, als von draußen der Motor von Nessie auf Petes inzwischen uraltem Roller zu hören war. Ich floh zurück unter die Couch, auf der ich aus dem Jenseits kommend angekommen war.

Die Tür flog auf und Nessie, laut und lärmend wie ihr Zweitakt-Roller, kam herein.

»Hier, Mama, da ist Katzenfutter für unsere Ratte.« In mir wuchs ein Gefühl relativer Sicherheit; Nessie hatte den Gedanken aufgegeben, mich totzuschlagen.

»Ich hab' dir deine Medizin mitgebracht, genug für die nächsten zwei Monate. Ganz schön teuer. Pete hat mir das Geld ausgelegt.« Sie fügte hinzu: »Ach ja, Grüße von den Leuten im Zirkus soll ich dir ausrichten, Mama.«

»Ach ja, schön, wen hast du denn getroffen?«, fragte sie zurück.

»Ach, ein paar von den Artisten …«, ihre Auskunft klang wenig überzeugend. Der Zirkus hatte nie in dieser Stadt gastiert, das wusste Donatella, aber sie gab sich trotzdem mit der Antwort zufrieden. Sie wollte es nicht so genau wissen. Sie hatte ihre Erinnerungen und brauchte die Wirklichkeit nicht mehr in ihrer Welt. Nessie gab sich Mühe, ihre Mutter mit alten Geschichten zu unterhalten, die in ihrem verlöschenden Geist letzte Funken der Erinnerung aus der Asche früherer Zeiten aufstochern sollten. Die quälende Wahrheit war nicht zu übersehen: Die betagte Donatella hatte die Gegenwart verloren und auch die übrigen Perlen der Erinnerung entglitten ihr mit jedem Tag weiter. Die Ärzte nennen es *Dementia senilis* oder *Morbus Alzheimer*, eine Krankheit, die das Wesen des befallenen Menschen langsam und unaufhaltsam hinscheiden lässt, aber den dazugehörigen Körper nicht erfasst. Dona lebte mit dem letzten Schimmer einer fernen Erinnerung und Nessie versuchte, sie – für wenige und kurze Momente – mit Geschichten und Bezügen aus der Vergangenheit zu unterhalten, bevor ihre Persönlichkeit voraussehbar aber unumkehrbar in der Dunkelheit des Vergessens verschwunden sein würde. Nessie verstand, dass sie den geistigen Verfall nicht aufhalten konnte, aber sie versuchte ihr Bestes. Aber wusste Donatella selbst, wie es um sie stand?

Als kleines Frettchen litt ich mit ihr und trauerte um sie, den Menschen, den ich immer geliebt hatte und jetzt in der Gestalt eines kleinen Felltieres nach wie vor liebte. Wie konnte ich ihr helfen? Was stand in meinen Kräften, ihr auf meiner Dienstreise aus dem Jenseits zu helfen, wie vermochte ich hier etwas Gutes zu tun?

»Mama, hier ist deine Medizin. Du nimmst jeden Morgen eine von den gelben Pillen und eine rote und abends nur eine von den roten. Soll ich dir das aufschreiben?« Nessie packte die Medikamente aus und legte sie zu den angebrochenen Packungen auf die Anrichte.

»Ich mach' dir alles zurecht, wenn ich weg bin«, und dann noch, »Ich rufe dich jeden Tag an, damit du das nicht vergisst. Ich bin nur ein paar Tage weg. Essen mach' ich dir für die ganze Zeit zurecht, du hast alles fertig im Kühlschrank.«

Dona antwortete mit einem willenlosen »Ja«, aus dem nicht zu schließen war, ob ihr die Anweisungen egal waren oder ob sie sie nicht verstanden hatte.

»Wir sind nur ein paar Tage weg, nicht mal eine Woche. Du kriegst das schon gebacken«, sagte Nessie und dann: »soll ich dir noch was zum Lesen kaufen oder willst du die alten Sachen noch mal lesen? Das spart Geld.« Ein Ton von Sarkasmus lag in ihrer Stimme.

Wenn ich das Gespräch der beiden Frauen richtig verstanden hatte, war ich die nächsten Tage alleine mit Donatella. Ich nahm mir vor, mich um sie zu kümmern, sie zu unterhalten, ihr zu helfen, soweit es in meinen schwachen Frettchen-Kräften stand.

Alleine gelassen

Wir verbrachten zu dritt einen unbeschwerten Abend mit einem Hörspiel aus dem Radio und danach eine ruhige Nacht. Nessie streute mir Katzentrockenfutter, das billigste, das sie in dem Laden bekommen konnte, in einen Napf und schob den Fressteller mit dem Fuß in meine Richtung, jetzt unter ihrem Bett. Später in der Nacht fand ich Wasser zum Trinken und eine Kiste, ausgestopft mit alten Zeitungen, für meine Ratten-Nachtruhe. Es schien wie ein Friedensangebot von Nessie, das ich gerne annahm.

Am nächsten Tag weckte uns wieder der Lärm vom Motorroller und kurz darauf, nachdem der Motor abgestellt war, ein hartes Klopfen an der Tür. Es war Pete, der schmierige Möchte-gern-Missionar. Kaum dass Nessie ihm die Tür aufgeschlossen hatte, trieb er sie zur Eile an.

»Mach' schon, wir kommen sonst zu spät. Mit unserer ollen Vespa dürfen wir nicht über die Autobahn.«

Ich malte mir aus, dass Nessie ihn ebenso wenig leiden konnte wie ich, gleichwohl, er war nützlich. Er hatte immerhin ein Fahrzeug und, wie es schien, Geld, denn er kaufte Donas Medizin, die in ihren Kirmes- und Zirkusjahren keine Versicherung unterhalten und nichts in eine Altersrente eingezahlt hatte, geradezu so, als ob Schausteller und Artisten nie alt und grau werden würden. Womöglich hatte Pete sogar mein Trockenfutter bezahlt? Waren wir jetzt auf das Wohlwollen dieses Handlungsreisenden in Glaubenssachen angewiesen? Lebten wir von den Einnahmen aus seinen unsinnigen Traktaten und Pamphleten, deren verworrene Inhalte er aus Gemeindehausbüchereien zusammenkopierte?

Abschied. Nessie nahm ihre Mutter in den Arm, flüsterte allerlei Liebes und Beruhigendes in ihr Ohr.

»Ja, ich werde euch schon nicht weglaufen«, sagte Dona, der die lange Abschiedszeremonie lästig war. Sie empfand das Getue als unangebracht.

»Vergiss bitte nicht, da ist eine Menge Essen im Kühlschrank, das brauchst du dir nur aufzuwärmen.« Und nachfolgend: »Denke an deine Medizin, die Pillen auf dem Schrank, ich habe dir alles hier aufgeschrieben«, und drückte ihr einen Zettel in die Hand: »Jeden Tag morgens eine von den gelben Pillen und eine rote und abends nur eine von den roten, ja?«

Der Ton ihrer Stimme war voll Besorgnis: »Wird alles gut gehen mit dir, wenn wir weg sind?«

In Nessies Stimme klang die Sorge, ihre Mutter für ein paar Tage sich selbst (und mir) zu überlassen.

Während die Frauen sich lange und wortreich verabschiedeten, stand Pete verlegen an der Tür, den Drehgriff in einer Hand, eine leichte Reisetasche in der anderen und war sich unsicher, ob er das Gepäck noch einmal auf den Boden abstellen oder sich gleich zum Gehen wenden sollte. Er murmelte ein belangloses »Tschüss« in den Raum, keine Umarmung, kein Handschütteln mit Dona.

»Wir bleiben ja nicht lange, Mama«, sagte Nessie noch, bevor sie die Tür zuzog und von außen verschloss. Wir hörten, wie Nessie und Pete davonfuhren.

Donatella und ich waren zusammen alleine. Ich kam aus meinem Versteck unter dem Sofa heraus und lief stracks auf Dona zu. Ich hatte so lange auf diesen Moment gewartet. Jetzt wollte ich auf ihren Schoss hüpfen und sie unterhalten. Doch Dona stand mit unerwarteter Vitalität aus ihrem Sessel auf und wendete sich zum Schrank.

»So, Kleiner«, sagte sie zu mir, »wir sind alleine. Endlich. Darauf habe ich gewartet.« und dann noch: »Komm, wir haben was vor.«

Jetzt war ich mir sicher, Dona wusste, dass ich sie verstand. Ich war jetzt mehr als nur ein dressiertes Frettchen, ich war ihr Freund. Donatella, die eben noch ohne Kraft in ihrem Ruhestuhl gesessen hatte, richtet sich auf und stand groß, aufrecht und voll Energie vor dem Schrank.

»Komm, Kleiner, du hilfst mir, ja?«

»Ja«, nickte ich ihr zu, verstand aber nicht, welche Pläne sie im Sinn hatte.

Für Minuten blieb sie unbewegt stehen und sah aus dem Fenster, vor dem die Morgensonne durch das taufeuchte Blätterwerk des großen Baumes brach. Es

schien, als ob sie den Baum bisher nie eingehend be-
trachtet hatte oder schon lange nicht mehr aus dem
Fenster gesehen hatte, als wolle sie das Licht der Sonne und das gesunde Grün des Baumes in sich aufsau-
gen. Das Sonnenlicht gab ihr Lebenskraft.

»Komm, Kleiner, hier geht noch was.«

Sie wandte sich zum Schrank mit den Pillen und
zog eine Schublade auf, dort, wo Kochlöffel, Messer
und die anderen Küchenutensilien untergebracht waren, und kramte darin herum. Was suchte sie? Sie
nahm das kleine, scharfe Garniermesser aus der
Lade. Dann ein Schritt zur Seite, vor den Spiegel, wo
sie schwer und tief Atem holte. Was hatte sie vor?
Lange, so wie sie vorher den Baum beobachtet hatte,
betrachtete sie jetzt ihr Spiegelbild, unbewegt, gewis-
senhaft, aber ohne eine sichtbare Gemütsregung.
Langsam sank ihr Blick herunter auf ihre Hände und
das Messer.

»Nein, mach' das bitte nicht! Nicht jetzt! Oder
überhaupt nicht. Bitte nicht!«, wollte ich schreien,
was mir als Frettchen nicht gelang. Ich hüpfte auf
einen Hocker, weiter auf die Anrichte und dann zum
Spiegel, stellte ich mich auf meine Hinterbeine und
baute mich aufrecht und so groß wie es mir nur möglich war vor Donatella auf.

Sie lachte.

»Nein, du Süßer (so hatte sie mich noch nie gerufen), jetzt kommt nicht das, was du vielleicht
denkst«, flüsterte sie und lächelte dabei.

Mit spitzen Fingern tastete sie sorgsam ihre
Schläfen bis hin zu den äußeren Augenwinkeln ab.

»Nein, bitte tu' das nicht!« Ich richtete mich wieder hoch auf, so weit es mir nur möglich war.

»Nein!«

Dann nahm sie das Messer und führte die Spitze an die linke Schläfe und machte einen Einschnitt in ihre Haut, genau an der Stelle, an der die Lachfältchen im Augenwinkel zusammenlaufen. Es floss Blut, nicht viel, Tropfen. Sie rieb mit den Fingern über die Schläfe. Es schien, sie hatte ein sandkorngroßes Etwas ertastet, erfasst. Sie ließ es in das Waschbecken fallen und wusch das Blut von den Fingern.

»So, das war gar nicht so schwer. Nur noch einmal«, flüsterte sie wie eine Aufmunterung zu mir. »Du brauchst dich nicht um mich zu sorgen, ich weiß, was ich mache.«

Und wieder, mit dem scharfen Messer in der Hand, machte sie sich an ihrer rechten Schläfe zu schaffen. Ein Schnitt, wieder Blutstropfen. Hände waschen. Die Spannung war gewichen und Donatella schien mit dem Ergebnis ihrer Handlung zufrieden.

»Weißt du, Kleiner, das waren winzige Diamanten unter meiner Haut. Die mussten raus, damit ich in Ruhe sterben kann. Das ist so bei uns Künstlern.« Donatella war auf einmal fröhlich und gelöst und schien wie befreit von einer schweren Last, die von ihrer Seele abgefallen war.

»Danke, dass du mir dabei geholfen hast, Kleiner. Ich hätte das alleine nicht hingekriegt.«

»Komm, lass' uns was essen. Was möchtest du? Lasagne, so wie damals am Autoscooter.« Ich war überrascht: Sie hatte Erinnerungen, sie wusste, was und wer ich war. Meine Freude war grenzenlos!

Ich gab meine aufgerichtete Haltung vor dem Spiegel auf und sprang auf den Hocker.

»Ich mach' mir was aus dem Kühlschrank warm und du bekommst dein Frettchen-Katzenfutter aus der Dose? Oder doch lieber Lasagne? Lass' mich mal nachsehen, welchen Schlangenfraß Nessie mir da reingestellt hat. Sie hat ihr ganzes Leben lang nur Fertiges essen müssen und kann nicht kochen. Das war mein Fehler, dass ich ihr nicht mehr beigebracht habe.«

Wir aßen gemeinsam schweigend unser kaltes Essen. Ich merkte, wie Donatella sich immer weiter entspannte. Sie sah jetzt wesentlich jünger und gesünder aus als vor ihrer Selbstoperation.

»Siehst du, es hat geklappt. Jetzt bin jetzt ich frei. Jetzt kann ich leben oder sterben, und keine Macht wird mich mehr daran hindern«, sagte sie, während sie ihren Teller unter meinen Fressnapf stellte, um den Tisch abzuräumen.

Ich hüpfte auf die Anrichte zu der Medizin, um Dona daran zu erinnern, dass sie morgens eine gelbe und eine rote Pille für ihre Gesundheit zu schlucken hatte. Sie verstand und lobte: »Du bist ein guter Mensch«, und verbesserte sich: »Du bist ein gutes Tierchen«, und darauffolgend, zu meiner höchsten Überraschung:

»Wer hat dich hierher geschickt? Der Himmel?«

Dona war nach dem Essen müde geworden. Wir schliefen zusammen, sie auf ihrem Sessel und ich auf ihrem Schoss; sie hatte ihre Hand wärmend und schützend auf meinen Rücken gelegt. Irgendwo draußen vor dem Wagen spielte ein Radio leise Musik. Manche Songs kannte ich vom Scooter, ich hatte dort solche Musik aufgelegt. Das war lange her, aber die Musik war immer noch frisch und gegenwärtig in meiner Erinnerung.

Die Sonne, die morgens durch das Fenster geschienen hatte, war weitergezogen, es war Nachmittag. Donatella und ich, wir hatten mehrere Stunden gemeinsam geruht, als das Telefon läutete.

»Ja, hallo«, meldete sich Donatella.

Es folgte Schweigen. Dona hörte dem Anrufer aufmerksam zu, bevor sie sachlich antwortete:

»Du bist doch der Pete, oder mit wem spreche ich jetzt gerade?«

Wieder eine lange Pause im Gespräch. Dann richtete sich Donatella in ihrem Ruhesessel auf und schrie in das Telefon:

»Oh nein, nein, das kann nicht sein, das darf nicht sein!«

So hatte ich sie nie gesehen.

»Ihr seid verunglückt? Und? Wo ist sie jetzt?«

Noch einmal Pause, in der ich nicht wusste, ob Dona noch dem Anrufer zuhörte oder in Schweigen verharrte. Sie zitterte, als sie fragte:

»Warum Nessie? Warum ist dir nichts passiert?«

Aus den Fragmenten des Gespräches konnte ich herauszuhören, dass sich ein Unfall ereignet hatte, wahrscheinlich mit dem lächerlichen Motorroller auf der ausgebauten Landstraße, bei dem Neslihan, Donas geliebte und einzige Tochter, schwer verletzt wurde. Oder war es noch grauenhafter?

Ich musste zusehen, wie es Dona nach dem Anruf nicht gut ging, ihr Zustand verfiel in Minuten. Die Farbe ihres Gesichtes wechselte zu Grau, blutleere Haut. Sie zitterte am ganzen Körper. Sie blickte noch einmal fahrig in verschiedene Richtungen, ohne einen Gegenstand wirklich ins Auge zu fassen, und sank dann, nach einem letzten langen, tiefen Atemzug, in sich zusammen.

Es war still im Trailer, gemeinsam mit der verloschenen Dona, die jetzt erstarrt in ihrem Schlafsessel ruhte. Irgendwo da draußen heulte ein Hund. Ein Radio spielte leise Musik, die ich zuerst nicht weiter beachtete, die sich aber nach Stunden in mein Bewusstsein einschnitt, wie ein Fluss sich den Weg durch ein Gebirge bahnt. Es waren traurige Songs, Lieder von Liebe und Tod, und dann wieder dazwischen alte Sachen, die ich damals am Scooter jeden Tag für Dona auflegte.

»Hui, hier geht noch was!«

Ich sah zu Donatella in ihrem Sessel auf, wünschte eine Regung herbei, ein Lächeln, einen Atemzug, ein Lebenszeichen – aber da war nichts mehr.

Eine wie Donatella wird es lange nicht mehr geben. Ich stellte mir vor, wie sie mit langen, festen Schritten durch den hellen Korridor ging, der zu der Schalterhalle im Jenseits führte.

Alle Fenster im Wohnwagen waren verschlossen und es lag nicht in meinen Kräften, die Tür nach draußen aufzumachen, um ins Freie zu entkommen. Ich war gefangen, bei der erloschenen Donatella, ohne Wasser und Futter. Und ohne Chance auf ein Überleben und mit meinem unerfüllten himmlischen Auftrag, im Diesseits doch etwas Gutes zu tun.

»Das Leben ist kurz, Liebe ewig und Musik unendlich.« Hätte das Martha auch so gesagt?

*** Ende ***